棲息咖啡館

喫茶とまり木で待ち合わせ

沖田円 Okita En——著
王蘊潔——譯

Contents

第〇章

妳的棲息地

不知道為什麼，我很在意她。

她是升上四年級後，第一次分到同班的女生。她坐在靠窗座位的第三排，課間休息時，總是坐在自己的座位上，看一本很厚的書。她一頭不到肩膀的短髮，瀏海有點長，整天都穿一條長度有點短的長褲，和領口有點鬆的運動衣，也曾經兩天都穿同樣的衣服來學校上課。

她好像沒朋友，因為我從來沒有看過她和任何人聊天。

我也沒有和她說過話。和她同班已經過了一個月，除了上課偶爾被老師點到名回答問題以外，我沒聽過她說話的聲音，更從來沒有看過她露出笑容。

剛分班時，班上的同學都遠遠地看她，既沒有靠近，也不會上前接觸，就像在觀察籠子裡的珍禽異獸般，在遠處觀察。

過了一陣子，其他同學就對她失去了興趣，甚至不再看她，簡直就像把她當成了空氣。

她在教室內總是形單影隻，向來不主動和別人說話，總是低頭看著那本封面角落已經磨損的書。

沒有同學和她說話，我也從來沒有和她說過話。

但其實我很想和她聊天，因為不知道為什麼，我很在意她。

我想和她聊天，但沒有勇氣主動和她說話。

「你絕對要主動和她說話啊。」

我正在為這件事煩惱該怎麼辦才好時，哥哥剛好在客廳，於是我就問他該怎麼辦，哥哥毫不猶豫地這麼告訴我。

哥哥目前是中學一年級的學生，和我相比，他懂很多事，而且他整天說「我在學校超受女生歡迎」，所以我想他應該也很瞭解女生。雖然哥哥的朋友說：「我從來沒有看過你哥哥受女生歡迎」，但我是哥哥的弟弟，當然更相信哥哥說的話。

「聽你的描述，感覺那個女生很文靜，所以你當然要積極主動才行，不要畏畏縮縮。既然是男生……」

「既然是男生怎麼樣？」

「不，這和是男生或是女生沒關係，即使你是女生，即使你既不是男生，也不是女生，只要你在意對方，就要主動和對方說話。」

「但是她很難親近，而且我也不希望因為我主動找她說話，讓她感到不舒服。」

「你白痴喔！」

哥哥突然大聲說話，正在廚房的媽媽訓斥了哥哥。哥哥的眉毛彎成八字形，嘻皮笑臉地向媽媽道歉，但轉頭看我的時候，又恢復了很有威嚴的表情。

「我跟你說，如果你不主動找她說話，她或許不會討厭你，但是對她來說，你和其他人沒什麼兩樣。你聽好了，喜歡的相反不是討厭，而是漠不關心，即使被討厭，也總比她對你完全沒有感覺好太多了。」

「是這樣嗎？」

「當然就是這樣啊。如果是我，就會不計後果，豁出去試一試。」

「不計後果嗎？」

老實說，我不太懂哥哥說的話。我不想被她討厭，也不想不計後果，我覺得與其被討厭，還不如她對我漠不關心。

但是我發現了一件事，那就是如果不採取行動，就不可能和她成為好朋友。

於是第二天去學校後，我決定主動找她說話。

「妳在看什麼書？」

起初她並沒有發現我在對她說話，但我明明站在她面前和她說話。於是，我蹲在她的座位旁，把手臂放在她的課桌上，看著她的臉，又問了一次。

「妳下課時都在看書，在看什麼書？」

她這才終於發現了我，被瀏海遮住的眼睛瞪得很大，目不轉睛地看著我的臉。如果我問平時經常一起玩的同學相同的問題，他們馬上就會回答，但是她沒有馬上回答。她連續眨了好幾次眼睛，嘴巴張開又閉上、閉上又張開。該怎麼說呢，她好像很驚訝。

我猜想她需要一點時間作心理準備，才有辦法開口說話，就好像我在和她說話之前猶豫了很久，苦惱了很久一樣。

她那雙大眼睛看向教室的各個方向，然後又回到我身上。因為她聳起了肩膀，所以我知道她用力吸了一口氣。

她張開小嘴，正打算說話。

「春海！」

有人叫我，我忍不住轉過了頭。叫我的同學瞥了一眼她的方向，然後用力抓住我的手臂。

「你在幹嘛？我們去打躲避球！」

「喔，好，等我一下。」

「其他人已經在外面等了，你快點啦。」

「呃，等一下啦。」

我慌忙轉回頭，但已經來不及了，她又低下了頭，整張臉都被頭髮遮住了。我知道她不會再看我，也不會再和我說話。我失敗了，我搞砸了。我很沮喪，主動找她說話的勇氣也完全消失了。

又過了好幾天，我的心情終於不再沮喪，因為放學後和朋友一起去玩，回家時，走了和平時不同的路。平時我都沿著大馬路直接走回家，今天決定在一家新開不久的花店門口左轉，走進一條小路。

因為媽媽之前對我說「一個人的時候要走人多的地方，否則很危險」，我以前從來沒有走過這條小路，但是哥哥曾經對我說，走這條路回家比較近，所以我想試試看。

這條小路和大馬路不同，有很多看起來舊舊的房子擠在一起。我不時跨過柏油路上的裂痕，走在這條小路上。

走到一半時，我就像電池耗盡的機器人一樣猛然停下了腳步，目瞪口呆地看著小路左側那家店內，坐在窗戶玻璃後方的那個人。

那個女生把書包放在旁邊的椅子上，正在看一本很厚的書。當我發現她就是班上的那個女生時，隱約的興奮和莫名的緊張讓我心跳加速。她的側臉就是平時在教室經常看到的樣子，但不知道為什麼，總覺得有點不一樣。到底哪裡不一樣呢？我也不知道。

我無法就這樣走過去，但也不敢走進那家店，只能隔著玻璃，注視著意外發現的她。

遠處傳來警車的警笛聲，然後又聽不見了。我「啊！」地叫了一聲。

因為不知道是否有人對她說話……她抬起頭，露出了我從來沒有看過的表情。

她笑了。我在心裡嘀咕。

我在學校時，從來沒有看過她笑的樣子，我甚至以為她不知道怎麼笑，原來並不是這樣。原來她可以笑得這麼自然，只是平時在學校沒有笑而已。

我將視線移向上方，以前可能是乾淨的白色水泥牆上，掛著寫了「三人行」的招牌。

店裡除了她這個客人以外，另一張桌子旁坐了一個年邁的客人，還有一個胖胖的店員阿姨。

我站在外面看向店內，突然發現那個店員阿姨看了我一眼，我慌忙移開視線逃走了。

隔天在學校時，她和往常一樣，沒有和任何人說話，也沒有露出笑容。

我忍不住懷疑，也許昨天看到的不是她，於是在和朋友玩了一陣子後的回家路上，我再次經過「三人行咖啡館」門口。她果然在咖啡館裡，露出了在學校時從來沒有看過的表情。隔天也是，再隔天也是。我遠遠地看著讓我感到陌生的她。

這種有點鬼鬼祟祟的生活過了兩個星期後，我很自然地走進咖啡館所在的小路，看到一個阿姨在店門口澆花，她是「三人行」的店員阿姨。我沒有停下腳步，也沒有轉頭看店裡，匆匆從她身邊走了過去。

「啊喲，弟弟，你不就是經常在外面張望的那個弟弟嗎？」

店員阿姨叫住了我，我的心臟用力亂跳，同時停下了腳步，全身冷汗直流。

「你不是每次都看那個妹妹嗎？你該不會是喜歡她？」

聽到阿姨開玩笑說的那句話，我動作生硬地轉過頭。阿姨臉上的表情看起來並沒有覺得我很奇怪。

「她、她是我的、同班同學，我只是、好奇她在這裡幹什麼。」

雖然我也曾經想過否認後逃走，但最後還是決定實話實說。阿姨說了聲：

「啊喲，原來是這樣啊。」她笑的時候，眼尾擠出了很多皺紋。

「既然你們是朋友，就不要只是在外面看，可以進去找她啊。」

「請問她也知道我在看她嗎？」

「不，我想她應該沒發現。」

「這樣啊。」

我鬆了一口氣。如果她知道我在偷偷觀察她，可能會更討厭我，但同時也覺得有點惋惜，因為我覺得自己瞭解了她不為人知的一面，但是對她來說，我仍然和以前一樣，只是一個從來沒有說過話的同學。

我很希望可以稍微接近她，但如果可以接近她，要對她說什麼呢？

「如果你晚回家十五分鐘，家裡的大人會罵你嗎？」

阿姨問我。我搖了搖頭。十五分鐘應該沒問題，但如果三十分鐘，可能就會挨罵。

「那你跟我來。」

我順從地跟著阿姨，第一次走進了「三人行咖啡館」。店內是一個縱長的空間，有六張桌子，後方是角落有收銀台的吧檯和廚房。

她總是坐在左側正中央的桌子旁，今天也獨自坐在那裡，正在看平時在教室時看的那本書。

她突然抬頭看著我，我發現她露出緊張的表情，所以很後悔走進來。

「你們不是朋友嗎？來，你坐在這裡等一下。」

「喔，好。」

即使後悔，也已經來不及了，我聽從阿姨的安排，在她那張桌子的對面坐了下來，阿姨則直接走去廚房。

「呃，不好意思，突然這樣走進來。」

坐在我對面的她把書放在桌子上，低下了頭。顯然我打擾了她的閱讀時間，但事到如今，我也不能轉身離開。

「妳住在這裡嗎？」

她雖然沒有開口，但搖了搖頭，回答了我的問題。「這樣啊。」我回答了這句很無聊的話之後，就左思右想，不知道該說什麼，但最後什麼話都說不出來。

過了一會兒，店員阿姨走了回來，把兩個裝了香噴噴咖啡的杯子放在我們桌子上。

「請喝吧。」

「呃，我沒有帶錢。」

「我請你們喝，所以不必在意。」

「謝、謝謝。」

她也向阿姨鞠躬道謝，拿起杯子，開始喝咖啡。我也跟著拿起了杯子。

老實說，我不太喜歡喝咖啡，因為我覺得咖啡很苦，完全不知道這種東西有什麼好喝。但是覺得阿姨既然已經送上來了，於是就硬著頭皮喝了一口，沒想到喝起來甜甜的，口感很柔和，和我之前喝過的咖啡味道完全不一樣。

「好喝……這個很好喝吧？」

我情不自禁問她，我們四目相對。我在心裡「啊！」了一聲，她對我點了點頭。

「對，很好喝，我喜歡這裡的歐蕾咖啡。」

雖然很小聲，但她很明確地回答了我。

這件小事成為契機，她開始慢慢和我說話。

她住在咖啡館旁的公寓，之前因為遺失鑰匙，在媽媽回家之前無法進家門時，這家店的阿姨就請她進來店裡坐，而且還對她說：「如果妳放學回家，家裡沒有大人，妳可以在這裡等大人回來。」於是她每天放學之後，都會來這家店。

「雖然我覺得可能造成阿姨的困擾，但一個人在家很寂寞。」

我聽她說這句話時，想起了班上的同學，和家長之間討論的事。那是關於她家的事。她沒有爸爸，只有她和媽媽兩個人相依為命。但是，她媽媽不常回家，有時候連續好幾天，家裡都沒有大人，她只能一個人在家。

我不知道這件事是真是假，但她在學校時總是獨來獨往，看起來的確很寂寞，所以我努力思考，不知道能夠為她做什麼，希望她稍微覺得自己不那麼孤單。

雖然最後無法為她做任何事。

「家裡和學校都讓我感到很壓抑，我都不喜歡，但是我喜歡這裡，只有在這裡的時候超開心。」

「這樣啊。」我這麼回答。雖然我有很多話想說，最後卻只說出這種任何人都可以說出的回答。

幾天之後，班導師告訴班上的同學，她要轉學了。

放學後，我回家丟下書包，就一路跑去「三人行咖啡館」。她在店門口等我。

「這個送給你。」

她把平時一直在看的那本書遞給我。書名很陌生，原本好像是國外出版的小說，封面上寫著「默默」，從書名完全不知道是什麼內容。

我會看這本封面的角落已經磨圓，書背也有點磨損的書多少次？我覺得會看好幾次、好幾十次。

「我要去外公、外婆家了，因為很遠，我想應該不會再回來這裡了。」

她垂下雙眼說道，雙手放在褲子前方，手指握得很緊。

如果我是大人，如果我很瀟灑，我會握住她的手嗎？現在的我只能小心翼翼抱著她送我的書，對著她點頭。

「我跟你說。」

她花了一點時間，終於看著我的眼睛說話。雖然她的瀏海仍然很長，但我可以看到她又黑又圓的眼睛。

「雖然學校很不開心，但是你上次在學校對我說話時，我其實超開心。對不起，我當時沒有把書名告訴你，謝謝你那天主動找我說話。」

我第一次從正面看著她的笑容。我不知道自己有沒有像她一樣，順利露出了笑容。

也許我們再也無法見面了，也許她很快就會忘記我，但是，我相信我永遠不會忘記她的笑容，不會忘記她的名字，也不會忘記對她的心意。

即使長大之後，這份心意仍然會小心翼翼地放在心裡。

第一章

全家福

「真由美，妳等一下要去哪一家分店？」

佐田從收銀台內探出頭問。我拿起放在桌上的手機，確認手機螢幕後，隨手丟進了皮包。

「我下午請了休假，所以不會去任何地方，有什麼事嗎？」

「沒事，如果妳要去中央店，我想請妳順便帶東西過去，反正並不急，所以沒關係，我會請快遞送過去。」

「對不起，那就麻煩妳請快遞，因為等一下我有事。」

我穿上這一季新買的徹斯特大衣，基本款的駝色長大衣搭配什麼衣服都好看，無論上班還是休假的日子，我都常穿這件大衣。

我在整理儀容的鏡子前整了整衣領，把皮包掛在肩上。現在是下午一點，只要開車過去，絕對可以在約定的下午三點之前抵達。

「真由美，妳今天不是原本就排了休假嗎？」

佐田看著貼在牆上的排班表。我所負責的各家店的排班表上，也都有我休假的日子，佐田說得沒錯，排班表上顯示我今天休假。

「是啊，但是因為有事情要處理，而且最近都沒有來這裡，所以我也想來看看這裡的情況。」

「妳還是老樣子，但是小心不要變成工作狂，聽說妳上次休假，也去其他店察看。」

「我知道，我很注意自己的身體，而且我並不是除了工作以外，就沒有其他事可做了。」

「那就好。」佐田露出懷疑的眼神說，「因為如果不提醒妳，妳真的會整天都忙工作。」

「沒這回……不，的確就是這樣。」

「妳看吧。」

佐田露出了苦笑。我認識她已經有八年了，她知道我因為太埋頭工作，導致私生活發生了很多問題，所以我無法否認她說的話。

「話說回來，我做得很開心。」

我走出狹小的辦公室，站在收銀台前打量店內。

全國連鎖雜貨店「活力工坊」在這棟郊區的購物中心展店即將滿三年，由於客層以本地人為主，雖然和都市區的分店相比，來客數略遜一籌，但回頭客很多，所以營業額在本區域內名列前茅。

這家西浦分店在裝潢上使用了木材、綠色和典雅的花卉，打造出「魔法師的秘密基地」的風格。可愛又不失穩重的裝潢有助於吸引客人上門，再加上剛好和購物中心的客層重疊，所以很受三十多歲以上的成年女性和男性客人的喜愛。

當初創立這家西浦店時，和佐田一起建立了「積極吸收除了原本目標客層以外的客人」的目標。活力工坊的主要客層是二十多歲的女性，西浦店當然也有很多年輕女性客人，但是除了這些客人以外，還受到男女老幼的喜愛，成功打造出符合預期的這家店，我為此感到自豪。

採購嚴格挑選的精美小物、文具，自家品牌的雜貨，設計富有個性的服裝、極具特色的飾品。這家店的所有商品都是能夠充滿自信地向客人推薦的商品。

當初以打工身分進這家公司至今二十年，即使現在已經是管理縣內七家分店的區域經理，我仍然覺得這家店內陳列的所有商品都很出色，也比任何人更愛「活力工坊」。

沒錯，我太愛這家店──太愛工作了。

「那這裡就交給你們了。」

我對店裡的其他工作人員打了招呼，最後對佐田說：

「有什麼事，隨時和我聯絡。」

「我不想破壞妳難得的休假，會盡可能不讓店裡發生任何事。」

因為是週六，開始營業之後，走進店裡的客人人數持續增加，現在才終於稍微告一段落。晚一點應該又會出現人潮，但是這家店以佐田店長為中心，工作人員的表現都很出色，所以不需要擔心。

「妳是要和男朋友去哪裡玩嗎？」

我準備離開時，正在整理平台上商品的佐田問我。

「很可惜，今天不會和他見面。怎麼了？」

「沒事啦，因為妳剛才說有事，我想說妳除了和男朋友約會以外，還能有什麼事？」

「佐田，妳真的覺得我這麼沒行情嗎？」

「啊哈哈，我知道了，妳今天是要和紗綾見面。」

我並沒有否認這句話。佐田認為這是表示肯定，露出了多年來一直沒變，很適合做服務業的親切笑容。

「妳一定很期待見到她。路上小心。」

我笑著向她揮了揮手，走出員工出入口，在出入表上填寫離開時間後，走出館外。雖然氣溫很低，連吐出的氣都變成了白色，但天空萬里無雲，午後刺眼的陽光讓我忍不住瞇起了眼睛。

我差點忍不住嘆息，幸好忍住了。我挺直了微微駝起的背，踩著比平時低了五公分的細跟高跟鞋，把憂鬱隱藏在內心，準備去和親生女兒見面。

離開西浦店後，開車開了大約一個半小時的路程。沿著海邊的道路行駛了一段路，經過幾年前新建的濱海飯店後向左轉，是一條緩和的彎道，不一會兒，就來到山麓下的一片老舊住宅區。

繼續行駛一段路之後，打了方向燈，把車子停在路旁的停車場。有六個車位的停車場內，已經停了兩輛車子。

一看手錶，剛好是可以去店裡稍微等一下的時間，於是我熄了引擎下車。

停車場旁，有一棟用木材和大窗戶打造，還有一個可愛三角屋頂、看起來很有味道的建築物。門口旁有一棵修剪整齊的大花山茱萸迎接客人，前方的手工看板上寫著店名「棲息咖啡館」。

記得這棟房子是我離開這裡不久前建造的，所以這家店差不多有將近六年的歷史了。推開塗成紅色的門，掛在門上的鈴鐺發出了鈴聲，站在吧檯後方的年輕男老闆和兼差的中年婦人店員滿面笑容地看了過來。

「歡迎光臨。」兩個人異口同聲地說。

「請隨便坐。」

店內的吧檯前有五個座位，還有四張四人座的桌子。如果擠一點，還可以放兩張桌子，但這裡的座位很寬敞，可能希望客人能夠不必在意其他客人，悠閒地享受咖啡時光。收銀台旁有一個陳列架，上面展示了一些雜貨和飾品，聽說專賣本地手工創作者的作品。很多作品都很吸引人，我曾經好幾次看到有人購買那些商品。

我打量店內，比較了空著的座位後，走向上次來這裡時坐的後方那張桌子。旁邊沒有客人，那個座位坐起來最輕鬆。

「歡迎光臨，決定好之後再叫我。」

店員送了水上來。我當場點了綜合咖啡，並告訴她，等一下還有一個人要來。

「她應該馬上就到了。」

「好的，請問綜合咖啡要什麼時候送上來？要不要等另一位客人來了之後再送過來？」

「不，麻煩妳先送上來。」

店員走回吧檯。我喝了一口水，把手肘放在桌子上，托腮看著窗外。

紗綾應該會像平時一樣，從家裡走過來這裡。起初滉平都會陪她一起到停車場，如今她已經可以一個人來這裡了。她每次在停車場看到我，就會笑著向我揮手，我也會隔著窗戶玻璃向她揮手，在她快步走進店裡之前，我都會輕輕嘆一口氣，以免被她聽到。

五年前，和滉平離婚之後，我每個月都會在這家棲息咖啡館和女兒見一次面。紗綾當時才剛上小學，如今已經讀六年級，很快就要從小學畢業了。從滉平不時分享的近況得知，她在學校的成績很優秀，老師經常稱讚她。

我也覺得她是一個聰明開朗、個性坦誠的孩子，而且心地很善良。因為即使我每個月只和她見一次面，她現在仍然叫我「媽媽」。

「這是妳的綜合咖啡。」

咖啡送了上來，發出了淡淡的香氣。

「謝謝。」

「請慢用。」

我加了兩塊方糖和大量牛奶。雖然我喜歡喝黑咖啡，但現在想喝甜飲料。我對著咖啡吹了三口氣，把杯子舉到嘴邊。這裡的咖啡有我喜歡的淡淡苦味，有時候甚至想，如果開在我目前的住家附近，我每天早上都會去報到。

看向吧檯時，不經意地和站在吧檯內的老闆對上了眼。他笑了笑，向我點頭打招呼，我也向他微微鞠躬。

這家店的咖啡都是這位老闆親自嚴格挑選咖啡豆，然後親自泡咖啡，而且他做的料理也很美味可口，所有餐點都由他獨自親手製作。

他可能三十出頭，搞不好才二十多歲。他的年紀很輕，乍看之下，感覺像是那種靠不住的年輕人，但他打造了這家理想的店，提供了一個很有品味，舒服自在而令人滿意的空間。

「啊！」

我忍不住輕輕叫了一聲，因為我看到紗綾從狹窄的人行道走入這家店的停車場，紗綾也發現了我，向我揮著手，我也放下了咖啡杯，向女兒揮手。

「媽媽，讓妳久等了。」

紗綾走進店內，熟門熟路地走到我的座位旁。

「紗綾，妳今天怎麼這麼早就來了？」

「因為我想今天一定要比妳早到，沒想到還是被妳搶先了。」

「我從店裡直接過來，所以比較早到。」

紗綾脫下鋪棉外套，在我的對面坐了下來，翻開了菜單。

上個月看到她時，她還是一頭長及胸前的頭髮，今天剪成了不到肩膀的短髮，她的身高似乎也稍微長高了些。這個年紀的小孩子成長的速度非常快。

「我要奶茶。」

紗綾自己向送水上來的店員點了飲料，她平時都會吃甜點，但今天只點了飲料，於是我加點了鬆餅。

「啊喲，媽媽，我正在減肥啊。」

紗綾生氣地嘟起嘴。

「沒必要，小學生減什麼肥，小心會長不高。」

「如果長不高就傷腦筋了。」

「如果妳真的不想吃，那就媽媽吃。」

「不，我要吃。」

原本生氣的表情立刻變成了笑容。我吐了一口氣，喝了一口有點冷掉的咖啡。

「最近還好嗎？」

我每次都會問這個無聊的問題。

「最近開始練習在畢業典禮上要唱的歌。」

即使聽到這種空洞的問題，紗綾也沒有露出不耐煩的表情，認真回答我。

「離畢業典禮只剩下不到兩個月了。你們要唱什麼歌？」

「『啟程的日子』，媽媽，妳知道這首歌嗎？」

「啊，我應該知道，原來現在的年輕人也會唱這首歌。」

「爸爸也說了同樣的話。」

紗綾和我分享著她的好朋友擔任伴奏，以及因為有些同學不認真練習，所以影響了練習進度這些事。她說話時，臉上的表情很豐富，我不時附和著，聽著她說話。在聽她說話時，喝完了杯中的咖啡。

「讓妳久等了，這是妳的奶茶和巧克力香蕉鬆餅。」

剛才點的餐點送了上來，我順便為自己加點了一杯咖啡。

紗綾注視著桌上加了滿滿鮮奶油和巧克力醬的鬆餅，雙眼亮了起來。就連我也知道，她很像她的父親，是愛吃甜食的螞蟻人。

「這家的鬆餅超好吃。」

「是喔。」

「咦？媽媽沒吃過嗎？」

「不知道欸，我不記得了。」

「那妳要不要吃一口？」

「不，妳自己吃沒關係。」

「好吧。」一聽到紗綾回答的聲音，我才發現自己不該這麼回答。這種時候，是不是該說「那給我吃一口」？但是，我不是那種精通處事之道的人，也不懂得如何事後補救，只能看著紗綾笨拙地拿著刀子切鬆餅。

紗綾切了一大塊放進嘴裡，嘴角露出了笑容。

「好吃嗎？」

「嗯，超好吃。」

紗綾露出和她的回答相符的表情吃著鬆餅。我喝完了咖啡，無所事事地拿起了桌上的小毛巾。

紗綾吃東西的時候，我應該說點什麼吧。每次都這麼想，但每次都不知道該說什麼，最後總是選擇了沉默，今天也是一樣。因為如果聊我的工作，她應該沒興趣，我也不想把和男朋友之間的事告訴還在讀小學的女兒。即使想問她的事，但她都會主動和我分享大部分的事情，根本不需要我發問。

我早就已經放棄絞盡腦汁想話題這件事，因為一直都這樣，我相信紗綾也對我不會有任何期待。

叮鈴。鈴鐺又響了，我看向店門口。因為職業病的關係，我差點說「歡迎光臨」。

一位媽媽帶著看起來是小學低年級的女兒走了進來。她們坐在離我們有一點距離的桌子旁，互看著對方，笑著翻開了菜單。雖然聽不到她們的談話內容，但可以感覺到這對母女的感情很好。

在她們眼中，我和紗綾看起來像母女嗎？即使看起來像母女，不知道在她們眼中，我們是什麼樣的母女。

普通的母女都會聊什麼？

正常的母親都怎樣和孩子相處？

我至今仍然不知道正確答案。無論是和紗綾、滉平一家三口生活時，還是離開他們之後，每個月和女兒見一次面的現在，我始終不知道正確答案。

我始終不知道要怎麼當一個母親。

「對了。」

紗綾吃完一半鬆餅後，舔了舔叉子上的鮮奶油，抬眼看著我。

「爸爸要我轉告妳，他四月要再婚了。」

因為紗綾若無其事地告訴我這件事，我也若無其事地回答說：「是喔，原來是這樣。」事實上，我的確沒有太驚訝。

「是和之前交往的那個人結婚嗎？我忘了她叫什麼名字。」

「麻里。」

「啊，對對對。」

滉平在一年前告訴我，他交了女朋友。他們從三年前開始交往，滉平和我同年，今年都是三十九歲，對方比滉平小七歲。滉平在交往之前，就告訴對方自己曾經結過婚，有一個女兒。

雖然他並不需要向我報備交女朋友的事，但他說如果交往順利，日後考慮結婚，所以特地通知了我。因為如果他們結婚，她就會成為紗綾的新媽媽，所以來向我打聲招呼。

「很好啊，聽說她人很不錯，妳之前也說很喜歡她。」

「嗯。」

紗綾胡亂切下一塊鬆餅放進嘴裡。

「我無論在學校，還是在家裡，都將要展開新生活，我覺得麻里好像在等我畢業，才和爸爸結婚。」

「妳對新生活感到不安嗎？」

「不會啊，雖然上中學稍微有點緊張，但爸爸和麻里結婚，我完全沒有任何不安，搞不好反而很高興。」

聽說紗綾是在滉平告訴我他交了女朋友的不久之前，才見到那個叫「麻里」的人。麻里似乎是一個溫柔的人，轉眼之間，就消除了紗綾的緊張。她並不會刻意想要縮短和紗綾之間的距離，當紗綾主動靠近時，她會張開雙手迎接，所以紗綾很快就和麻里變得很親近。

紗綾曾經好幾次告訴我，她和滉平、麻里三個人一起出遊的事，還曾經和麻里討論了不方便和爸爸滉平討論的事。紗綾和我分享這些事時的神情很愉快，所以我相信紗綾和麻里之間建立了良好的關係，也發自內心感到鬆了一口氣。

紗綾內心一定渴望有一個像麻里這樣的媽媽。

「妳覺得和新媽媽相處會很愉快嗎？」

我問紗綾，她想了一下後回答說：

「我想我和麻里應該會相處得很愉快，因為她很溫柔，也很有趣，我很喜歡她。」

「這樣啊。」

但是如果有什麼問題，妳要隨時告訴媽媽。我原本想對她說這句話，但最後沒有說出口。雖然我不認識前夫的再婚對象，但無論怎麼想，她都比我更像母親，也更可靠。

「媽媽，妳不和妳的男朋友結婚嗎？」

紗綾用叉子叉起香蕉，沾著盤子上的巧克力醬。

「我們沒有這個打算，而且即使沒有結婚的形式，我們也可以在一起。」

「是喔。」

「妳覺得媽媽像爸爸他們一樣，結婚比較好嗎？」

我只是隨口問這個問題，並沒有特別的意義，即使紗綾回答「對」，我也並不打算再婚。我和現在的男朋友在一起很舒服自在，也很希望可以和他一起走下去。我們共同決定，為了能夠長久在一起，我們放棄成為家人的關係。

我們都認為這樣的生活方式更適合彼此，正因為有同樣的想法，所以相處時很輕鬆自在。

「不會啊，不結婚也沒關係。」

紗綾說了出乎我意料的回答。她放下叉子，喝了一口奶茶，直視著我，讓我忍不住緊張了一下。

「爸爸說，結婚就是對彼此的人生負起責任。因為一旦結了婚，雙方就不再是外人，而是一家人。既然是家人，無論遇到任何狀況，都要相互扶持，所以結婚就是把這種決心具體化。」

「……聽起來很像是滉平會說的話，他很重視家人。」

「嗯，我喜歡爸爸這一點，但是，我也認同媽媽說的，在一起並不一定要成為一家人。」

我開口準備說話，但最後什麼都沒說，只是輕輕吐了一口氣。

我對紗綾的想法感到驚訝，同時也為自己竟然讓小學六年級的學生說出這種話感到於心不安。

也許是因為我無法和滉平、紗綾成為家人，所以紗綾失去了對家庭關係的期待。

我覺得很對不起她，但是，我……我們無論如何都無法繼續生活在一起。因為在我們內心有價值的事物中，最重要的事物並不相同。

即使成為一家人，也無法在所有方面都能夠相互理解、相互諒解，所以我們離了婚，我們無法繼續成為一家人。

「媽媽，妳可以做妳想做的事。」

紗綾說完這句話，把盤子裡最後一塊鬆餅送進嘴裡。

續杯的咖啡剛好送上來，我沒有加糖和牛奶，直接喝了黑咖啡。

回到家後脫下大衣，走去廚房喝了一杯水，在沙發上坐了下來。窗外的天色終於暗了下來，雖然比平時上班的日子提早回了家，但感覺渾身疲累，一坐在沙發上，就暫時不想動了。

我慢吞吞地把手伸向皮包，拿出了手機。幾分鐘前，男友拓士傳了訊息給我。拓士知道我今天要去和紗綾見面，每次我和紗綾見面的日子，他都會算準我回家的時間傳訊息給我。

『回家了嗎？辛苦了。』

打開訊息軟體，只有短短兩句話。我鬆了一口氣，順勢倒在沙發上。

拓士的外表很年輕，完全看不出已經四十多歲，但內心簡直就像已經活了一百年的老爺爺般沉著穩重。他對自己的生活和周圍的人都並沒有太多要求，無論是好是壞，他對我當然也沒有太大的期待。拓士並不需要那種把對方放在首位，雙方頻繁通電話，或是每天都膩在一起這種普通情侶的關係。

妳工作忙碌的時候，可以專心工作，妳不需要把我放在首位。我們只要有空見面的時候見面就好，但是只要妳感到有點心累的時候，我隨時都可以陪伴在妳身旁。

他會理所當然地說這種話，所以和拓士在一起時，我可以任性地做自己。我很喜歡和他之間那種恰到好處的距離，即使我更重視其他事，凡事並不以他為優先，他也完全能夠接受，並不會因此離開我，我想好好珍惜他。

『我剛回到家，謝謝。』

我回了訊息給他。他像往常一樣，沒有馬上已讀。

如同我不會把他放在第一位，他的生活也不受我的束縛。我之所以不會因為和拓士相處任性地做自己產生罪惡感，是因為拓士也很享受我這種不會束縛他人的個性。

對我來說，這樣的關係最理想。既然要一起走下去，這種關係最適合，也能夠自在呼吸。無論是我，還是和我在一起的人都一樣。

◆◆◆

上午，我在中央店處理一些事務作業，下午去了西浦店。原本打算下午也留在中央店上班，但後來想起西浦店今天要面試打工人員，於是決定順便去看一下。

下午一點開始面試，我到西浦店時，應該已經結束了。店員的挑選全權交給店長佐田處理，所以我只是去瞭解結果。

西浦店近期將有一名員工離職，所以必須趕快補充一名新的人手。開始徵人之後，有幾個人來應徵，可惜最後都無法錄用。

不知道這次是否順利，但佐田昨天傳訊息給我，說對方在電話中的談吐應對很不錯，所以我期待有正面的結果。

「希望可以趕快徵到人。」

我握著愛車的方向盤，自言自語著。

面試工作人員時，除了應徵者會緊張，面試的一方也會緊張。有不少人會不來面試，即使來了之後，有些人一看就知道不適合做服務業。如果第一印象很好，接下來就要確認是否適合本店，是否能夠勝任徵人條件上所寫的工作，以及在工作上，是否能夠和目前的工作人員合作，在確認各方面的情況之後，判斷是否錄用對方。

為了能夠讓對方長期、愉快地在店內工作，同時能夠讓這家店更加出色，必須在數十分鐘的短時間內，判斷對方的人品。在服務業，工作人員也成為一家店的一部分，也是客人挑選店家時重要要素之一，店員也會影響一家店的整體印象。無論再怎麼缺人，也不是隨便什麼人來上班都好。經營一家店，挑選工作人員是極其重要的業務。

面試也能夠讓應徵者觀察店內的工作環境，當然也會遇到應徵者拒絕，「我無法在這裡工作」的情況。被原本認為很理想的應徵者拒絕，當然會覺得很遺憾，但這也是無可奈何的事，這也是面試的目的。

車子駛入停車場時，看了一下時間，剛好下午一點半。如果應徵者準時來面試，現在應該已經結束了，但是我的手機還沒有接到佐田打來的電話。

走進店之前，站在通道上向店內張望。有幾組客人，有一名工作人員正在接待客人，另一名工作人員正在鋪貨，收銀台前也有一名工作人員。西浦店向來沒什麼問題，今天店內的狀況和工作人員的工作情況都沒有令人在意的地方。

「午安。」

我向正在鋪貨的工作人員打招呼，她露出鬆了一口氣的表情對我笑了笑。

「區域經理，午安，辛苦了。」

「辛苦了。今天不是有人來面試嗎？怎麼沒看到佐田店長？面試還沒有結束嗎？」

「呃，這……」

她的眉毛皺成了八字形。

「該不會被放鴿子了？」

「不，人是來了，我也看到了。乍看之下，是一個很可愛的女生。」

「那面試時發生了什麼狀況嗎？」

「不知道，但是店長回到店裡之後，看起來很沮喪，我原本打算等一下去關心一下。幸好妳來了。」

佐田向來都很開朗，工作人員看到她心情沮喪，一定很擔心。我聳了聳肩，得知佐田在後方的辦公室，於是走了進去。

掀起隔開收銀台和辦公室之間的簾子，我忍不住大吃一驚，因為佐田垂頭喪氣地坐在放了電腦的桌子前。我們單獨去吃飯時，她有時候會向我訴苦和抱怨，但從來不會在店裡的時候看起來無精打采。到底發生了什麼事？

「佐田。」

我叫了一聲，佐田驚訝地抬起頭，似乎這才發現我在她身旁。

「真由美，辛苦了。」

「妳也辛苦了。發生什麼事了？」

佐田垂下嘴角。原本以為她會哭，但幸好沒有流下眼淚。

我打開原本收起來的鐵管椅，坐在佐田身旁。佐田轉動椅子的方向，面對著我。

「對不起，其他人都很擔心吧？很抱歉。」

「嗯，等一下向大家打一聲招呼就好，面試時發生了什麼事嗎？」

「並不是什麼嚴重的事。」

「對方說了什麼不中聽的話嗎？」

「也不算是說了什麼不中聽的話，只是今天來面試的人罵了我一頓。」

「罵了妳一頓？」我反問道，佐田皺起下巴，點了點頭。

今天來面試的是一個二十三歲的女生，目前是自由業，希望可以在這裡做全職工作，還說中元節和年底年初的繁忙季節也可以來上班。她有服務業的經驗，但之前在不同的行業工作，以後希望能夠成為正職員工，完全符合這家店的徵人條件。

她的應答開朗而仔細，衣著打扮看起來也很乾淨。佐田在面試時，已經考慮要錄用她，但是當佐田問了某個問題後，她勃然大怒，說無法在這種店上班，不顧才面試到一半就拂袖而去。

「我問她是單身嗎？最近有沒有結婚的打算？結果她就大發雷霆，說我歧視，侵犯她的隱私。我雖然向她道歉，但她不願聽我說話，就生氣地離開了。」

佐田用力嘆了一口氣，低下了頭。

「我也知道，最近不可以問這類問題，但是我必須瞭解這些情況。因為馬上需要人手來幫忙，所以開始徵人，結果好不容易雇到了人，如果很快就結婚或是懷孕生孩子，然後就辭職的話，我也會很傷腦筋。因為這家店的店員人數有限，少一個人就會忙不過來，又沒辦法馬上補充人手，所以確認這件事很重要。」

「嗯。」我點了點頭，內心也和佐田一樣垂頭喪氣，很想抱住自己的頭，因為結婚和懷孕的問題很敏感。公司內如果有多名年輕女性員工，都必須面對她們因為私生活的變化對工作造成影響的問題。

「對不起，這是公司方面的責任，公司應該建立完善的制度，避免造成員工的負擔。」

我能夠理解店長的辛苦，也能夠瞭解來面試的那名女性的感受。照理說，應該打造一個友善的職場，讓無論管理人員和工作人員都不需要在意佐田發問的這些事，讓所有工作人員都希望能夠在這裡工作，但問題在於實際上很難做到。

「我和其他地區的區域經理都曾經向總公司反映這個問題，只是遲遲無法有令人滿意的結果，真的很抱歉。」

「真由美，妳不需要道歉，而且我也知道，這不是一件容易的事。雖然這是我們在第一線無法解決的問題，但正因為是第一線的問題，所以不可能都稱心如意。」

「是啊。」

我之前也一直都在第一線工作，所以完全瞭解佐田的想法。與此同時，成為區域經理後，也很瞭解總公司的情況。總公司雖然努力設法解決問題，但目前還無法充分解決。

對職場來說，女性員工的結婚和生孩子並非只是當事人的私事。

一旦結婚、生子，生活方式必然會和以前不一樣，許多人也必須改變工作方式。遇到這種工作人員，公司方面該如何因應？雖然這不是現在才出現的問題，只是至今仍然無法找到正確的解決之道。

創造一個女性員工即使在成家之後，仍然能夠自由工作的環境，同時建立一個不會造成其他同事負擔的制度。雖然很希望人員隨時都很充足，能妥善分配工作，但是對只有幾名店員的分店而言，這並非易事。

「反正面試已經結束了，也就只是這樣而已。」

佐田說話的聲音很低沉。

「可能原本就有點疲累，所以聽到有人說，無法在這種店工作，就覺得很受打擊。」

佐田愁眉苦臉，又用力嘆了一口氣。我拍了拍她瘦弱的肩膀說：

「對方可能也只是一時情緒激動，如果是店裡的同事這樣說也就罷了，不必把外人說的話放在心上。」

「我知道，但是我每天都努力為這家店和同事著想，結果被完全不瞭解狀況的人這麼說，已經不是生氣而已，根本超想哭。」

佐田用力揉了揉雙眼，緩緩抬起頭。

「真的很難。雖然我很希望能夠讓店裡的同事用她們喜歡的方式工作，私生活和工作都很充實，但有些人原本說要以店長為目標，但在結婚之後，就突然辭職，或是剛請完產假回來上班，沒多久又再次請產假，根本搞不懂為什麼要在店裡占一個名額。有人說希望做全職工作，卻經常因為家裡的事請假。雖然目前的風氣讓人難以表達負面的意見，但是老實說，比起這種人，我更希望和熱愛工作，想要認真工作的人當同事。」

「是啊。」

「雖然也有很多人即使有了家庭，仍然努力工作，或是只是兼職，但懂得掌握工作和生活兩者之間的平衡，這種同事就很值得信賴。只不過有些問題無法只靠理想或是場面話解決，如果在這方面的想法有落差，心裡就會有疙瘩，心胸越來越狹窄。」

佐田好像在開機關槍般越說越激動，抖動肩膀用力呼吸了一次。我只能附和說：「是啊。」我無法說一些言不及意的安慰話，或是隨便提供建議。因為我自己在這個問題上也沒有找到理想的解決方法，相反地，還因為處理得太笨拙，所以栽了跟頭。

「當我想到這些，就覺得腦袋一片混亂，結果思考就越來越負面。」

佐田從桌上的面紙盒裡抽出面紙，滿不在乎地擤著鼻涕。脫妝的鼻頭有點紅。

「真由美，我對妳、對大家都很不好意思，唉，我這個店長真是太沒出息了。」

「沒這回事。只要看這家店的同事，就知道妳是一個認真為這家店著想的優秀店長，今天發生的事，的確提醒我們以後必須認真思考，但是不需要為這件事感到沮喪。」

「……好，謝謝。」

「雖然不應該讓應徵者感到不舒服，但這次就當作沒有緣分。」

佐田聽我這麼說，終於稍微露出了笑容。

我掀開簾子向店內張望，雖然店裡並沒有很忙，但有的店員在接待客人，有的在鋪貨，都很認真地工作。

其中一個同事剛好抬頭看到了我，她可能很關心佐田的狀況。我對她笑了笑，點了點頭，她也露出安心的表情，向我點了點頭。

放下簾子，重新面對佐田。佐田看著鏡子，很在意臉上脫了妝。

「真的很難。」

佐田聽到我的嘀咕，露出驚訝的表情看著我。

「家庭和工作都能夠如自己所願，當然是最理想，但是要所有的事都如自己所願，真的太難了。必須決定優先順序，所以在某個階段必須作出選擇，然後放棄某些事。」

我能夠理解有家庭的人想要兼顧工作和家庭的辛苦，同時，我也充分理解佐田想要表達的意思。

每個人的生活方式不同，在各自的人生中，認為重要的事也不相同，無法所有的事都如自己所願，每個人都必須在某些地方妥協。

「真由美，妳已經放棄了嗎？」

「佐田，妳不是很清楚我因為工作的關係，所以才會離婚嗎？而且女兒也選擇和我前夫一起生活。」

「妳和我一樣，骨子裡都是熱愛工作的人。」

「只不過我的情況，並不是我放棄，而是對方放棄了。」

滉平對我無法成為稱職的母親感到心灰意冷，也許他希望藉由提出離婚，我可以改變想法，但是，我接受了他的……他們的選擇。

因為我無論如何都無法把家庭放在首位，雖然覺得很對不起他們，但還是無法在成家之後，改變自己內心最重要的事。

能夠抓在手上的東西有限，有所得，就必然有所失，必須作出選擇，有所放棄，然後繼續邁向未來的人生。雖然我很清楚，我的選擇很自私。

高中畢業後，我進入本地的中小企業做事務工作，但無法適應工作內容和職場環境，只做了一個月就辭職了。之後以打工人員的身分，進入當時正準備開第五家店的「活力工坊」。

當初並沒有非要進入這家公司的強烈願望，只是看了求職雜誌，被「新店開張，徵求工作夥伴」幾個字吸引。之前的職場經驗，讓我害怕進入已經確立的人際關係，在這裡，大家都站在相同的起跑點，如果無法適應，就馬上辭職走人。當時帶著這種輕鬆的心情進了這家店。

起初真的很辛苦，我在完全沒有經驗的狀態下協助新店開張的準備工作，在一片忙亂之中，新店總算順利開張。之後又拚了命學習工作內容，從來沒有做過服務業的我，也不知道該怎麼接待客人，每天都在摸索的狀態下完成一天的工作。當時並不覺得開心，但也沒有時間思考辭職。那時候滿腦子都是工作，就連作夢也都在工作。

差不多在三個月後，意識發生了變化。那時候終於掌握了工作的基礎知識，新開張時手忙腳亂的店，也漸漸步上了軌道。

我漸漸能夠冷靜觀察周圍。在鋪貨的時候仔細觀察每一件商品的特徵，發現陳列架的排放別具匠心，也學會了如何招呼客人，瞭解了這份工作。原本就像是基於義務來來往往的通勤路，走路時也終於能夠抬頭挺胸。精美的雜貨、內部裝潢得像藏寶箱一樣的店。被可愛的商品包圍，接待上門購買這些可愛商品的客人。我愛上了這份工作，甚至覺得比起假日出去玩，上班的時間更快樂。

我在第二年就成為正式員工，隔年成為副店長。當我二十四歲時，公司決定在其他地區開第一家分店，於是我被拔擢為店長，然後就來到了這裡。不久之後，就遇到了滉平，然後開始交往。

滉平是週六、週日休假的上班族，我們很難喬時間見面，但滉平很尊重把工作放在首位的我。我認為他是一個好情人，但當時我在工作方面很充實，並沒有思考持續交往之後的未來。

在和滉平交往了三年後，我發現自己懷孕了。當時我的工作得到公司的認同，公司徵詢我的意見，問我願不願意接這個地區的區域經理職位。

我無法馬上決定要生下孩子，但是當我告訴滉平，他喜出望外，提出要和我結婚。公司方面也對我說，希望我在產假結束後，接區域經理的職位。

只要結婚、生子之後，仍然能夠繼續工作，我並不討厭和滉平結婚。我想清楚之後，決定生下孩子。

不久之後，我就和滉平結了婚，在同事的歡送下開始休產假，生下了紗綾。

紗綾出生時，我真的很高興，覺得她纖細的哭聲和皺巴巴的手指都很可愛。看到滉平抱著紗綾流淚的樣子，也感到很幸福。在那個瞬間，我的確真切地感受到，自己變成了母親。

照理說，應該以此為起點，慢慢地、慢慢地變得更像母親的樣子。但是，我抱著剛出生的紗綾的那一刻，也許是我最強烈意識到自己是母親的瞬間。

紗綾出生後的幾個月，我努力照顧孩子，恢復產後的身體。第一次育兒雖然忙得頭昏眼花，但在那段忙得沒時間睡覺的日子，比起育兒的辛苦，比起對女兒的慈愛，我滿腦子都想著必須趕快回去工作。

生孩子之後，生活方式當然會發生變化，增加家庭的比重也不壞，身為母親，必須把孩子放在首位，在這個基礎上，努力擁有自己的時間。其他父母應該都是用這種方式保持平衡。

但是，我無法順利切換。日子一天一天過去，我覺得越來越失去了自我。我對自己的生活……生活方式漸漸改變，產生了近似恐懼的感情。

這樣下去會完蛋。我想馬上回去工作，我想和以前一樣工作。白天在家哄著照理說應該覺得很可愛的女兒時，內心的這些想法越來越強烈。

紗綾還沒有滿一歲時，我就重回了工作崗位。我們很幸運地順利找到了托兒所，在和滉平討論之後，盡可能在最快的時間回到了職場。公司按照我請產假前的約定，拔擢我成為擔任店長的那個地區的區域經理，工作比之前更加充實。

起初滉平也很支持我在成為母親後，仍然繼續工作。他為我的升遷感到高興，托兒所放假時，他也會率先照顧紗綾，讓我出門上班。

無論在任何人眼中，滉平都是好丈夫、好父親，他除了做好外面的工作，還積極做家事、照顧孩子，發自內心疼愛紗綾。他很珍惜和家人共度的時間，所以比起我，紗綾和滉平更親近。

現在回想起來，也許我對待滉平和紗綾太任性了。因為滉平會處理好家事，因為紗綾喜歡爸爸，所以我就專心工作。我這麼告訴自己，完全沒有挪出時間和他們相處。

我知道滉平原本支持我外出工作，之後會漸漸改變想法，不是他的錯，而是我的問題。不，滉平直到最後，都從來不曾反對雙薪家庭，也不反對我做全職工作，更從來沒有叫我辭職，我想他只是希望我更珍惜和家人相處的時間。

——我以前就知道，工作對妳最重要，但難道妳不想多陪陪紗綾，完全沒有這種想法嗎？

我忘了滉平是什麼時候對我說這句話。那天難得我和滉平同一天休假，一家三口正準備出門去玩。我們很久沒有出去玩了，紗綾也很期待，但是在出門之前，我接到一通電話。我負責的那家店有一位同事突然生病，店裡人手不足。我稍微猶豫了一下，立刻對著電話說，我馬上過去。

我急忙重新換好衣服，走去玄關。妳不要太過分了。滉平對我說。紗綾站在滉平身旁，不發一語地抬頭看著我。我對他們說了聲「對不起」，就出門去上班了。

我猜想滉平就是從那一刻對我心灰意冷。

紗綾又是什麼時候對我失望？

也許紗綾在更早之前，就已經對我失望了。因為當我告訴她我們要離婚，問她想和誰一起生活時，她毫不猶豫地回答「爸爸」。

即使聽到紗綾的選擇，我也沒有受到打擊，只覺得很對不起她。我無法成為她的母親。雖然如果可以，我也很希望可以成為一個稱職的母親，但是我做不到。我相信一定有方法可以做到，只是我太笨拙了。

我願意在工作上投入很多時間，也能夠設身處地解決同事的煩惱，卻無法珍惜和家人共度的假日，也無法和女兒促膝談心。我無法改變自己內心的優先順位，把工作放在首位，缺乏對家庭的意識和責任。

——即使我們無法繼續當夫妻，至少希望妳能夠和紗綾建立正常的母女關係，希望妳能夠更像一個母親。

離婚那一天，在我離開那個家時，滉平最後對我說的話，或許也是紗綾想要對我說的話。

我很清楚，一旦放棄，就無法再回到自己身邊。一切都是自己造成的結果，全都是我自作自受。

◆◆◆

「真由美。」

聽到叫聲，正在看手機的我抬起頭，看到拓士穿著西裝和大衣，揮手向我走來。一看手錶，剛好是我們約好的時間。我把手機放進皮包裡，也向拓士揮手。

晚上六點半。星期五晚上的車站前已經出現了熱鬧的氣氛，放學回家的中學生、看起來還在工作的上班族，以及興高采烈準備展開夜生活的年輕人，在眼前來來往往。

「不好意思，讓妳久等了。」

拓士可能一路跑過來，呼吸有點喘，鬆開了脖子上的圍巾。他的鼻頭凍得有點紅。

「沒有啊，因為你說可能會晚一點到，我還驚訝你這麼早就來了。你不必這麼急著趕過來。」

「因為我發現只要跑一下，好像就能準時到。原本打算六點處理完工作就離開公司，沒想到稍微遲到了。」

「呵呵，工作辛苦了。」

我和拓士已經三個星期沒見面了。我們工作都很忙，這一陣子都抽不出時間見面，但並不會覺得很久沒見面。拓士也沒有說「好久不見」，就直接和我聊了起來，好像我們昨天才見過面。這種關係很舒服自在，我很滿意。

「要去哪裡？」

「我想先去那家店逛一逛。」

我們不約而同地走向我指著的車站大樓。我們不會像年輕情侶一樣牽手，只是並肩走在一起。

「要買送給紗綾的禮物？」

「嗯。」

我點頭回答了拓士的問題。聽到附近街頭藝人的歌聲，轉頭看了幾秒。

「但是我完全不知道要買什麼。」

「只要是妳挑選的禮物，我相信她都會很喜歡。」

「怎麼可能？她要上中學了，男生我不太清楚，但這個年紀的女生已經有自己的喜好了。」

「也許吧。」

今天是我問他有沒有空見面，然後約他陪我一起挑選送給紗綾的禮物。

我想在下個月的畢業典禮之前送禮物給她，慶祝她畢業和入學……但是想了一下，仍然不知道送什麼禮物，紗綾才會感到高興，所以我想聽聽拓士的意見。

「妳店裡的商品不行嗎？妳不是經常說，店裡有很多可愛的雜貨嗎？」

「雖然是這樣，但我不想送店裡的東西。」

我的確很瞭解「活力工坊」的商品，也都是很適合作為禮物的商品，只不過我很排斥送和自己的工作有關的禮物。我覺得紗綾一定會毫不介意地收下，所以就更不想這麼做。

「我會盡力協助妳挑選，只不過我是四十多歲的大叔，比妳更不瞭解年輕女生喜歡的東西。」

「別擔心，你的品味很好。」

「那我就當作是妳在誇獎我。」

走進明亮的車站大樓。這棟大樓的低樓層是商場，有許多年輕人喜愛的店，是對流行很敏感的年輕人聚集的地方，眼前也看到很多高中和大學女生一起逛街。

「紗綾平時喜歡什麼？」

我們漫無目的走在通道時，拓士這麼問我。

「啊？」我忍不住反問。既然要挑選禮物，他會問這個問題很正常。

「因為我沒見過紗綾，完全不知道她是什麼樣的孩子。」

「喔，對、喔。」

「比方說，她喜歡什麼音樂、服裝，假日的興趣愛好，屬於可愛型，還是走中性路線。」

「我想一想，紗綾她……」

紗綾喜歡吃甜食，這一點應該像她爸爸滉平。她和我約在咖啡館見面時，每次都會津津有味地吃甜點。除此以外，還有什麼？她有時候穿T恤配牛仔褲，也會穿泡泡袖洋裝。我記得她提過一個最近很紅的偶像，我忘了叫什麼名字。

紗綾喜歡的東西。紗綾的興趣愛好。紗綾想要的東西。

我所瞭解的她。

「我們就多逛幾家店，邊逛邊想。」

拓士看到我陷入了沉默，拍了拍我的肩膀。

「嗯，不好意思。」

「妳不用道歉。那家店看起來不錯，要不要進去逛逛？」

拓士拉著我的手臂，走進旁邊一家飾品店。那是一家以十幾歲的女生為主要客層的店，商品的價格很低，但有許多看起來很有設計感的商品。

「她上了中學之後，應該會經常和朋友一起出去玩，所以可能會愛打扮。妳看這對耳環怎麼樣？還是這個戴在頭髮上的東西也很可愛。」

拓士在這家閃亮亮的店內，和一群少女擠在一起，拿起店裡的商品，協助我找禮物。但無論是拓士挑選的商品，或是我想要多看一眼的商品，想到萬一紗綾不喜歡，就遲遲無法決定。

「對不起，我們可以去其他店看一下嗎？」

「當然，我也並不打算只看一家店就決定。」

「嗯，謝謝。」

我和很有耐心地陪我逛街的拓士一起，在車站大樓內逛了一家又一家店，從適合青少年的服裝店，逛到雜貨店、文具店、紅茶專門店，還去看了運動用品店。

但是，最後還是沒有買到要送紗綾的禮物。

「妳平時在店裡時，不是也會遇到不知道該送什麼禮物給朋友的客人嗎？」我們走進咖啡館休息時，拓士這麼問我。我很粗魯地把雙肘架在桌子上。

「嗯，經常遇到啊。」

「那種時候，也會像今天這樣煩惱嗎？」

「完全不會，我通常很快就能夠推薦適合客人的商品，從來不會煩惱。」

很多客人都會來活力工坊找禮物送朋友，有不少客人會陷入猶豫，不知道該買什麼。這種時候，向客人推薦商品是店員很重要的工作，我也曾經協助不計其數的客人挑選禮物。

送禮物的目的、贈送的對象是怎樣的人？只要稍微聽一下客人說明的情況，我就馬上知道該推薦什麼商品。我當然不是隨便亂選，而是只推薦真心認為如果是我，就會送這個禮物的商品，客人幾乎都會購買我推薦的商品。

沒錯，如果是工作，我完全不會猶豫。即使送禮物的對象是我完全不認識的人，也能夠馬上決定適合對方的禮物，但這種情況只限於工作。

「呵呵呵，在工作上，真的什麼都難不倒妳，但私生活的事，妳就變成生活白痴了。」

拓士笑著說。我移開視線，喝了一口熱卡布奇諾。

「你覺得很受不了嗎？」

「不會啊，我知道妳是這樣的人，才和妳在一起，怎麼會受不了呢？」

我把視線移了回來，瞥了他一眼。拓士瞇起眼睛，把咖啡杯舉到嘴邊。我又把臉轉到一旁。

這時，我看到一個獨自坐在咖啡館內的女性客人。她正在看一本包著書店書套的書，我想起一件事。

「對了，紗綾曾經說，她喜歡看小說。」

那是在離婚之後。她說很喜歡學校要求學生寫閱讀感想的那本書，之後就經常看小說，有時候還會和我聊她喜歡的小說。因為我從來不看小說，所以無法說出令她滿意的回答。

「送書給她很不錯啊。」

拓士興奮地說。

「可以送她幾本好看的書，如果是小說的話，我也可以推薦幾本。」

「我記得樓上好像有一家大型書店。」

「嗯，我相信紗綾一定會很高興。」

喝完咖啡後，我們立刻來到樓上的大型書店。雖然離打烊不到一個小時，但店內還有很多客人。

我們走向文庫本區域，瀏覽著按出版社排列的書架。我只知道幾家有名的出版社，但喜歡看小說的拓士比剛才更加精神抖擻地挑選禮物。

「啊，這本這本。我最近才剛看完，故事情節很有趣。因為聽說要改編成電影，於是我就試著翻了幾頁，沒想到一看上了癮，然後就一口氣買了這位作家其他的作品。」

「是喔，我看看。嗯，感覺真的很好看。」

「對不對？這是不分年齡，都能夠樂在其中的內容，很推薦紗綾看這本書。另外，她還是中小學生，可能會看一些童書？但我對童書就不太熟了。」

「我之前聽她說，她會看童書，如果是成年人的書，只要不至於太難，她也會看。」

「這樣嗎？那我們先在這裡找一些適合她的，等一下再去童書區看看。」

拓士從書架上挑選了一本又一本書，我也翻閱著看起來有趣的書，然後選中了其中一本。拓士看著我挑選的書，露出滿意的表情，然後又去繼續找書。

這時，拓士好像突然想到了什麼，摸著下巴，低頭思考著。

「怎麼了？」

「我在想，因為不瞭解紗綾平時看哪一類型的書，是不是盡可能挑選一些不同類型的書比較好？」

「類型？」

「比方說，愛情小說，或是推理小說。」

我手上的那本小說是以一名熱愛吹奏樂的女高中生為主角的青春故事，故事從她高中入學開始，描寫了一群少男少女雖然對無法適應的學校生活、未來的夢想和人際關係感到煩惱，但仍然朝向目標前進的身影。紗綾和書中的女生一樣，即將展開新生活，我覺得很適合她，所以剛才選了這本小說。

「喜歡看書的人，會不會不想看不感興趣的書？」

我問，拓士歪著頭思考。

「應該因人而異。我雖然偏好某些類型的小說，但並不討厭別人分享一些我自己不會主動挑選的書，如果別人推薦，我也會基於好奇看一下。」

「也有人不喜歡這樣嗎？」

「是啊，不能排除有這樣的人，因為畢竟每個人的喜好不同。」

「這樣啊。」我回答後，把封面畫了一個拿小號女生的書放回原位。

「那不送書了。」

「咦？為什麼？」

「我送她圖書券，她就可以買自己喜歡的書了。」

比起不知道她喜歡什麼書的人為她買書，紗綾一定更喜歡自己自由挑選。

紗綾好幾次和我分享她看完的小說，雖然我都認真聽她說話，但是並不知道紗綾喜歡哪一類型的書。歸根究柢，就是我聽她說話的認真程度僅此而已。

紗綾總是積極和我分享她的事，努力和我建立關係，但我始終無法做到這種理所當然的事。

「既然妳認為這樣比較好，那就沒問題。」

拓士帶著一絲落寞說道。我點了點頭，但沒有看他，然後走向位在書店中央的收銀台。

我決定在下次見面時，當面把一萬圓圖書禮券交給紗綾，慶祝她畢業和入學。同時會匯一筆錢到滉平的帳戶，讓他可以為紗綾買一些她想要的東西和必需品。如果紗綾直接向我開口說想要什麼，我也會買給她。因為這是我力所能及的事。

「畢業典禮是三月吧？是哪一天？」

走出車站大樓，走向常去的酒吧時，拓士這麼問我。我重新圍好鬆脫的圍巾回答：

「我也不太清楚，應該是下旬，但不知道具體的日期。」

「妳不知道？這樣行嗎？妳工作可能會撞期，不是應該趕快確認一下嗎？」

「不，我不去參加，所以沒問題。」

「啊？妳不去參加嗎？」

拓士似乎認定我會去參加，所以發自內心感到驚訝地問。

「也不去參加入學典禮嗎？」

「嗯，我打算請她傳照片給我看。」

「妳至少要去參加她的畢業典禮。」

「我上次不是告訴你，紗綾的父親四月要再婚嗎？我猜想那個未婚妻也會去參加。」

雖然聽紗綾和我分享的情況，即使見了面，對方應該也不至於對我表現出什麼負面的感情，但正因為對方是這樣的人，如果我去參加，就會讓她感到不自在。她應該也希望盡情慶祝紗綾終於畢業，既然這樣，早就已經離婚的親生母親，還是不要在場比較好。

「喔，原來是基於這個理由。」拓士小聲嘀咕。

「你以為我會說，因為我那天有工作嗎？」

「我很瞭解妳，妳完全有可能說這種話。」

「雖然我無法否認，但女兒展開新生活的日子，即使有工作，也會請休假啊。」

不知道拓士是否相信我說的話，他發出呵呵笑聲之後附和說：「這樣啊。」

「但是妳不會去參加。」

「是啊。」

「只要妳認為沒問題就好。」

「這句話你剛才已經說過了。」

「我尊重妳的想法，無論任何時候都一樣。」

我抬頭看向走在身旁的男友，把圍巾拉到已經凍僵的鼻尖。拓士輕輕打了一個噴嚏。

走在明亮的夜晚街頭的人，都因為寒冷縮起了脖子。

二月即將結束。春天還沒有來。

❖❖❖

為紗綾買好禮物的一個星期後，今天又是相隔一個月，和紗綾見面的日子。我也相隔一個月走進了棲息咖啡館。

推門走進咖啡館時，鈴鐺聲響起。雖然是星期六，但沒有看到那名中年婦人店員，老闆獨自站在吧檯內。

「歡迎光臨，請隨便坐。」

紗綾還沒有來。我在吧檯正前方的座位坐了下來，剛好是和上次的座位相反的位子。

點了綜合咖啡，腦袋放空地聽著店內播放的西洋音樂。不一會兒，聽到了「讓妳久等了」的聲音。紗綾還沒到，我點的咖啡已經放在桌子上了。

「謝謝。」

我抬頭道謝，老闆露出親切的笑容，看向馬路旁的停車場。

「妳女兒還沒來。」

「啊？」

我忍不住發出驚訝的聲音。我剛才並沒有告訴他，我女兒會來這裡。

「啊啊，不好意思，因為妳來過很多次，而且妳女兒和她爸爸是本店的老主顧，經常會來這裡，我也聽說了妳是她的媽媽。」

老闆可能以為我覺得他很可疑，慌忙搖著右手解釋。

「沒事沒事，我沒想到你會記得我，所以只是有點驚訝。原來是這樣，我女兒他們也會來這裡。」

「對，因為這家店的許多客人都喜歡靜靜地享受自己的時間，所以我平時不會主動和客人聊天，但今天忍不住想，妳女兒還沒到。她是個很有禮貌的孩子。」

「這、樣啊。謝謝你。」

「呵呵，感覺親子之間的感情很好，真的很棒。」

老闆淡淡地笑了笑，走回吧檯內。

我對著咖啡吹了三口氣，喝了一口黑咖啡。看向馬路的方向，紗綾還沒有來。我今天太早到了，離我們約定的時間還有十五分鐘。

親子之間的感情很好。

我在腦海中回想老闆說的話。

他應該是說滉平和紗綾。我和滉平離婚之前，他們父女感情就很好，得知他們目前的關係也和以前一樣，我暗自鬆了一口氣。滉平在我眼中也是一個好爸爸，他獨自照顧讀小學的女兒應該很辛苦，而且別人也會戴著有色眼鏡看他和紗綾兩個人的單親家庭，但紗綾成為一個真誠坦率的人，絕對是因為滉平持續給予父親的關愛，負起了身為父親的責任。雖然以紗綾目前的年紀，接下來他們父女之間的關係可能會發生摩擦，但我相信紗綾的新媽媽會發揮協調作用。

我又喝了一口咖啡，隨手加了一塊方糖。

紗綾還沒有來。我把杯子放回托盤，打量著店內。

桌子旁就是用蘋果箱製作、很有手工感的陳列架。我之前就知道那裡陳列了手工創作者的作品，雖然偶爾會參觀一下，但從來沒有買過。

我托著腮，打量著架上的商品，目光停留在其中一件商品上。我站了起來，老闆發現我拿起了商品，從吧檯內探出頭說：

「啊，這個昨天才剛送來，是不是很可愛？」

「嗯，是啊，我覺得很漂亮。」

那是放在刺繡創作者區域的一個書套，原色的亞麻布上繡了紅色的花，在市面上的成品中很少看到的設計很吸引人。

刺繡的圖案可能是銀蓮花，華麗又可愛，我覺得很適合紗綾，忍不住拿在手上打量起來。

手工製作的刺繡雜貨都獨一無二，我不知道自己為什麼在其他類似設計的作品中，挑中了這一件。

「請問這個可以賣給我嗎？」

我猶豫了一下，把商品交給了老闆。

「當然沒問題，謝謝，需要包裝成送禮用嗎？」

「可以麻煩你嗎？」

「只要妳不介意沒辦法包得很可愛。」

因為這裡不是禮品店，原本就不期待可以包裝成送禮用。我對老闆說：「麻煩你了。」然後回到了座位。

不一會兒，老闆走到我的桌子旁。他把書套放在蠟紙袋裡，用麻繩和一朵小小的假花作為裝飾。

「謝謝。」

「不客氣。啊！」

老闆突然叫了一聲，視線看向玻璃窗外。

「她來了。」

店門打開，鈴鐺發出了輕快的聲音。紗綾走進店內，發現了我，立刻露出了笑容。

「媽媽，讓妳久等了。妳等了很久嗎？」

「沒有，才喝了兩口咖啡。」

她脫下外套，坐了下來，然後熟練地翻開菜單。老闆把水和小毛巾放在桌上。他應該已經猜到，剛才的書套是要送給紗綾的。

「我今天來喝拿鐵咖啡好了，我還可以吃甜點嗎？」

「妳放棄減肥了嗎？」

「嗯，因為我發現盡情吃自己喜歡的東西，人生更快樂。」

「這樣啊，那很好啊。」

我把咖啡杯拿到嘴邊。因為加了砂糖，所以雖然有點苦，但也有淡淡的甜味。

「今天媽媽也想吃甜食，紗綾，妳可不可以幫我選一個？」

紗綾露出驚訝的表情，然後樂不可支地看著菜單挑選起來。她點了決定的內容，在送上來之前，我們像往常一樣閒聊著。不一會兒，她點的東西送了上來，紗綾為我挑選了淋了略帶苦味的焦糖醬的聖代。

不會太甜的聖代很合我的口味，我不知道只是巧合，還是紗綾瞭解我的喜好，為我選了這款聖代。

「我吃完了，很好吃。」

我吃完後，紗綾也把草莓聖代的最後一口吞了下去。我喝完了剩下的咖啡，把包裝好的圖書券放在桌子上。

「妳不是很快就要參加畢業典禮了嗎？這是慶祝妳畢業和入學的禮物。」

「啊！真的嗎？」

紗綾拿起了薄薄的長方形包裝。

「是圖書券！謝謝，我有很多想買的書，太開心了！」

「如果還有其他想要的東西，也可以告訴我，還有這個。」

我把剛買的禮物遞給紗綾。紗綾嘀咕著：「是什麼啊？」打量著紙袋的正面和背面。

「我可以打開嗎？」

「啊，嗯，可以啊。」

她解開麻繩，打開紙袋，裡面是裝在透明袋子裡的刺繡書套。

「哇，好可愛！是書套嗎？」

「嗯，我覺得很適合妳。」

「嘿嘿嘿，有嗎？咦？該不會是那些商品的好朋友？」

紗綾看向商品架。我忍不住愣了一下，停頓了一下，才回答說「嗯」。如果她知道我是在這家店買的，可能會覺得我很不用心。即使她這麼想，我也無法否認，但總覺得有點對不起紗綾和老闆。

我的擔心是多餘的。紗綾瞪大了眼睛，圓圓的臉上泛著紅暈。

「我之前就想買。嘿嘿，至今為止陳列的所有商品中，我覺得這個最可愛。」

她好像寶物般小心翼翼拿了起來，用指尖一次又一次摸著世界上獨一無二的刺繡。

「媽媽，謝謝妳。」

——只要是妳挑選的禮物，我相信她都會很喜歡。

我想起了拓士說的話。雖然當時我認為不可能。

只要像這樣真心為她挑選禮物，她就會喜歡嗎？無論是書還是飾品，或是雜貨，或是我店裡的商品，我不需要逞強，只要想著紗綾，是真心為她挑選的東西，她就會感到高興嗎？

身為母親，怎麼做才正確？怎麼做才對紗綾有幫助？我總是搞不懂，也總是犯錯。

「媽媽。」

她語氣嚴肅地叫了我一聲。

「什麼事？」我問。

「妳可以來參加我的畢業典禮嗎？」

「啊！」我忍不住發出叫聲。

紗綾移開了視線，然後抬眼看著我問：

「妳工作還是很忙嗎？」

「不，沒這回事，我可以、請休假。」

紗綾瞪大了眼睛，目不轉睛地注視著我。

我屏住呼吸。我覺得她在觀察我。如果我這次又犯錯，紗綾是不是再也不想和我見面了？不知道為什麼，我突然產生了這種想法。

「但是，爸爸和那個、麻里不是也會去參加嗎？」

「妳不想見到爸爸他們嗎？」

「並不是這樣，我只是覺得爸爸他們可能不太想見到我。」

紗綾咬著嘴唇，頻頻歪著頭想了一會兒說：

「不知道，但是我希望妳來參加，所以這件事由我去跟爸爸和麻里說。」

「媽媽去參加畢業典禮，即使遇到爸爸他們，妳也不會覺得不舒服嗎？」

「對，不會。」

紗綾點了點頭。我停頓了一下，也對她點了點頭說：

「好，那我會去參加妳的畢業典禮。」

「真的嗎？」

「嗯。」

紗綾聽了我的回答，立刻滿面笑容。我輕輕吐了一口氣，以免被她聽到，然後摸著空咖啡杯的杯緣。

我們閒聊了一會兒，一個小時後離開了咖啡館。我目送紗綾離開後，回到車上，在記事本上寫下畢業典禮的日期。因為那天原本安排了工作，所以必須馬上調整。我想著這件事，闔起了即將用完的破舊記事本。

我發動了引擎，在打到D檔之前，突然想到一件事，拿起了手機。打開應用程式，傳了訊息給拓士。

『我要去參加畢業典禮。』

因為我知道他不會馬上已讀，所以沒有等他回覆，就把手機放回皮包，把車子開了出去。傍晚回到家時，拓士已經回了我的訊息。

『知道了，妳就去吧。』

然後又補充說，如果我想聊天，可以隨時打電話給他。

我忍住了想馬上打電話給他的衝動，沒脫大衣，就直接趴在沙發上。每次和紗綾見面都很疲累，我猜想是因為每次和她見面，心情都很緊張的關係。雖然我並不討厭和紗綾見面，但為什麼會這麼緊張？我不知道原因，只不過每次和紗綾見面，我明明不討厭，但總是有點害怕。

「畢業典禮喔。」

離婚時，紗綾是剛上小學的一年級生，現在已經畢業了。紗綾一定覺得是一段漫長的日子，但我覺得才一眨眼的工夫。我原地踏步，什麼都沒有改變，回過神時，五年的歲月就這樣過去了。

❖❖❖

「這個黃金位置的陳列，雖然很有氣氛，但是可以更進一步從客人的角度思考。目前的陳列，會導致視線分散，所以要營造出故事性，讓客人的視線能夠依次看向其他商品。」

「好，我瞭解了。」

「比方說，這裡可以試試這種陳列方式，如此一來，這些手寫的ＰＯＰ廣告就可以充分發揮作用。妳寫ＰＯＰ廣告真的很厲害，太了不起了。」

店員聽到我這麼說，露出害羞的表情，立刻開始重新陳列。我走去辦公室，去找正在那裡工作的佐田。

「佐田，辛苦了。」

「哇，真由美，辛苦了。妳什麼時候來的？」

「才剛到，我剛才指導了一下店面的陳列。」

「謝謝。是不是黃金位置？我原本打算等等再去看一下的，沒想到被妳搶先了。」

「我偶爾也要指導她們一下。」

我把皮包放在架子上，脫下了面料比較薄的風衣。時序進入三月後，天氣突然暖和起來，穿大衣經常會熱得流汗。

「佐田，有一件事要通知西浦店。」

「是。」

「下個月會有一個同事從北九州區調來這裡。」

「啊？」

雖然西浦店持續在招募店員，但遲遲沒有等到緣分，直到今天仍然沒有找到人。不久之前，一名店員離職，目前工作人員的人數不足，只能從附近的分店派人來支援。我向總公司提出要求，必須趕快設法解決這裡的人手問題，公司決定從其他縣調一名員工來這裡。

「真的嗎？太好了，但是竟然從這麼遠的地方調來這裡。」

「聽說那個人以前曾經住在這裡，因為這個關係，所以希望能夠調來這裡工作。」

「原來是這樣啊，真是太感謝了，那在下個月之前，我們要努力撐下去！」

「我會努力減少工作人員的負擔，請妳們再撐一段日子。」

我們在聊這些事時，一名店員走了進來，說已經重新陳列了商品，希望可以去看一下。我和佐田一起去確認，發現比剛才更出色了，現在應該更能夠吸引客人的目光。

「我參考了區域經理的意見，發現果然大有起色。」

那名同事說。

「區域經理無論做什麼都無懈可擊，令我肅然起敬。」

「我完全能夠理解，真由美真的很厲害。」

「我希望以後也能夠像區域經理這麼能幹。」

「不不不，妳的這種積極性很棒，但千萬不要美化我。別看我這樣，我可是大家公認的生活白痴。」

同事聽到我這麼說，露出了意外的表情，佐田張大嘴巴笑了起來。

我也忍不住露出苦笑。這句話絕對不是謙虛，我的確對自己的工作能力很有自信，但也只有工作上能幹，在其他方面，無論做任何事都不順利，我甚至覺得自己已經放棄了努力，非但不是一個值得尊敬的人，根本是一個廢物。

「對了，真由美，妳明天請了休假？」

佐田問，我點了點頭。

明天是紗綾的畢業典禮。我在決定要去參加的那一天調整了行程，也通知了滉平，買了新的套裝，直接和拓士聊了這件事。

女兒展開新生活的日子。

「時間過得真快，這麼快就畢業了，總覺得妳告訴我，妳去參加她的入學典禮是不久之前的事。」

「對啊，真是一眨眼的工夫。」

那是一段在不知不覺中過去的日子。根本還來不及有任何改變，一切都停留在放棄和他們繼續當一家人的那一天。

「真由美，不知道妳看到紗綾盛裝的樣子會不會哭。」

佐田開玩笑說。

「不知道。」

我聳了聳肩回答。

我清楚記得紗綾小學入學那一天的事。那是四月初一個風和日麗的日子，已經過了賞櫻季節的櫻花飄著零星的花瓣。

我和滉平一起去參加了入學典禮。因為滉平從很久之前就再三提醒我，絕對要休假參加，我也很久之前就告訴各家店的店長，那一天無論發生任何事，都不能打電話給我。

紗綾背著全新的米色書包，興奮地走在我和滉平之間。滉平也滿臉喜色，不停地打量周圍的學生，然後偷偷對我說了「我們的女兒最可愛」這種溺愛自家女兒的話。

——我們來拍照。

當時是紗綾這麼提議嗎？她可能看到其他人都在拍全家福，所以自己也想拍一張。滉平把手機交給其他同學的父親，請他為我們拍了一家三口的全家福。我們一家三口站在那棵校方引以為傲的櫻花樹下，面帶笑容，看起來的確像是一家人。

女兒、父親和母親。

雖然沒過多久，我們就離婚了。如果我們像那張照片中一樣，現在仍然是一家人……如果我能夠扮演好紗綾的母親這個角色，不知道我們的這五年會是什麼樣的生活，不知道我會如何守護她？紗綾又會長成什麼樣子？

如果我一直陪在她身旁，會和現在不一樣嗎？

不知道為什麼，我一直在想這種想了也無濟於事的問題。

◆◆◆

比往年更早綻放的櫻花等不到四月，就迫不及待地準備盛開。三月下旬，已經在轉眼之間變得溫暖。我穿上新買的黑色長褲套裝，前往紗綾的小學。已經有很多家長到了學校。

「真由美。」

我順著人潮走向舉行畢業典禮的體育館，聽到遠處有人叫我的名字。

「好久不見。」

「滉平，真的好久不見了。」

滉平穿著西裝，一個看起來溫柔婉約的女人——他的未婚妻站在他身旁。麻里露出親切的笑容，向我點頭打招呼，我也向她鞠了一躬。

「很高興認識妳，我經常聽紗綾聊起妳。」

麻里的個子比我嬌小，有點天然鬈的頭髮很可愛，一看就知道她的個性很溫和。滉平找到了一個好女人。從麻里和我屬於完全不同的類型來看，顯然是滉平反省了之前的失敗後挑選的對象。

「聽說你們要結婚了，恭喜兩位。」

「謝謝，我們打算下個月的月初去登記。」

「這樣啊，你們打算辦婚禮嗎？」

「因為從來沒辦過婚禮，所以這次打算辦一下。」

他在暗諷和我結婚時，沒有辦婚禮這件事嗎？和他在一起的時候，因為我缺點太多，所以覺得滉平很出色，但現在覺得其實他也挺可惡的。

麻里說她要坐去其他地方參加典禮。我原本覺得我可以一個人坐，但麻里似乎不想打擾我們，很快就轉身離開了，我只好和滉平兩個人一起走去家長席。我們一起坐在並排的空位，在畢業典禮開始之前，聊了兩、三句無關痛癢的話。

「妳真的是一點都沒變。」

聊到某個話題時，滉平這麼說，我沒有回答。

不一會兒，畢業典禮開始，畢業生走進安靜的會場。

宣布畢業典禮開始。齊唱國歌、齊唱校歌。畢業典禮按照程序進行，然後開始頒發畢業證書。每一名學生被點到名後，走上舞台，由校長直接頒發畢業證書。

這些學生之前可能練習了很多次，每個學生被叫到名字後，都大聲回答，抬頭挺胸，走上燈光照亮的舞台，領取至今為止在這裡生活、成長的證明。從這裡出發，邁向新的舞台。這些學生都起身走向舞台，準備邁出下一步。

家長席上的擤鼻涕聲此起彼落，許多家長看到孩子的成長身影，都感動不已。

「三島紗綾。」

聽到擴音器中傳來的名字，我屏住了呼吸，不知不覺中握緊了雙手。我瞥了滉平一眼，發現他也和我一樣。

「有！」

一個毅然的聲音響起，身穿中學制服水手服的紗綾沿著中央的通道走向舞台。

我注視著女兒晃動的黑髮和背影，完全沒有眨眼。

女兒抬頭挺胸走路的樣子，看起來就像是陌生人。

往事的記憶浮現在腦海。在我懷裡哭得脹紅了臉的女兒。搖搖晃晃追著我跑的女兒。滿臉天真無邪的笑容，叫著我的女兒。這些都是切身的記憶，我隨時都可以清晰地回想。我在內心深處，一直以為紗綾是必須在別人的細心呵護下才能夠生存的小小孩。但是……

喔喔，原來是這樣。

我所熟悉的紗綾，已經不在這裡了。我所熟悉的紗綾，早就已經不在了。

「……原來妳也有感動落淚的時候。」

站在舞台正中央的紗綾從校長手上接過畢業證書，我則用手背胡亂地擦著眼淚。

「才不是這樣。」

看著紗綾的身影，我格外想哭泣。並不是為女兒的成長感動，而是覺得自己太沒出息了。

我無法成為一個母親。

我笨手笨腳又遲鈍，很不適合當母親，也不懂得怎麼愛她，只會造成家人的困擾。我一直覺得很對不起他們，但是這根本不重要，即使沒有我，紗綾仍然成為一個出色的孩子，可以靠自己的雙腳向前走。

我還在原地踏步，遲遲無法為她做任何身為一個母親該做的事，但是紗綾在不知不覺中，已經不需要我——不需要母親了。

也許她今天找我來參加她的畢業典禮，就是為了告訴我這件事。我想從今天開始，我就真的不再是她的母親了。

「有一件事……」

滉平開了口。

「什麼事？」

「雖然我不太想告訴妳。」

紗綾從舞台上走了下來。我低頭擤著鼻涕，滉平好像在自言自語般說了起來。

「當初問紗綾，她是否同意我和麻里結婚時，她二話不說表示贊成。她說她喜歡麻里，很高興能夠和她成為一家人，也為我們感到高興。」

「這不是很好嗎？你不想告訴我什麼事？」

「紗綾對我和麻里結婚，提出了一個條件。」

「條件？」

「嗯。」滉平回答，停頓了一下後，才繼續說了下去。

「紗綾贊成我和麻里結婚，但是她提出了一個條件，她說沒辦法叫麻里『媽媽』。」

我抬頭看著滉平。滉平看著舞台，舞台上已經換了其他學生。

「雖然麻里說這樣沒問題，但老實說，我感到有點無奈。雖然我和麻里結婚，並不是希望麻里成為紗綾的母親，但麻里很愛紗綾，也很關心她，而且比妳更像母親。」

我無法否認。我聽到滉平再婚，反而對有一個理想的人成為紗綾的母親感到安心。

沒錯，我發自內心為紗綾將會有一個新的母親感到安心。

我感到安心的理由是什麼？是因為終於有人陪伴在紗綾身旁保護她嗎？不是。那是因為我終於可以放下母親的擔子？不，也不對。

「妳知道紗綾為什麼無法叫麻里媽媽嗎？」

「……不，我不知道。」

「是啊，我也不知道。既然麻里能夠接受，我也不想勉強紗綾，所以我覺得這樣也沒關係，但我想知道其中的原因，於是就問了她。」

「紗綾怎麼回答。」

「她說因為妳是她的媽媽。她說，因為妳努力成為她的媽媽。」

滉平轉頭看著我，他臉上的表情很複雜。

我不知道自己露出了什麼表情。我以前在紗綾面前露出了什麼樣的表情？

「我有努力成為她的媽媽嗎？」

「我也是相同的反應，覺得妳有嗎？當初就是因為妳完全沒有做任何母親該做的事，我們才會離婚，我相信妳也意識到這件事。」

「嗯。」

「但是紗綾說，妳努力成為母親，所以她覺得妳是她的母親。」

——媽媽。

無論離婚之前，或是離婚之後，紗綾都這麼叫我。除了我以外，她沒有叫其他人媽媽。但是，我一直都很緊張，總是感到不安和害怕，擔心紗綾有一天不再叫我「媽媽」。

聽到紗綾即將有一個新媽媽後感到鬆了一口氣，是因為我終於能夠放棄了，因為我終於可以很乾脆地放棄成為紗綾的母親了，不需要再為此掙扎了。

我不知道怎樣才能成為母親，至今仍然不知道該怎麼和自己的女兒相處，也不知道如何改變自己至今為止的生活方式，更不知道守護家人的正確方法。生活在家庭關係中讓我感到窒息，但是，我的確愛我的家人。

當我撫摸著還在我肚子裡的紗綾時；當她出生後，第一次聽到她的哭聲時；當她在我面前第一次站起來的時候；六年前，我和滉平像今天一樣坐在一起，守護著參加入學典禮的紗綾時。

我的的確確感受到幸福，同時希望她永遠幸福，希望可以為她的幸福祈禱。

喔，原來是這樣。

原來我一直希望自己可以是紗綾的母親。

「真是太蠢了。」

我低下頭，雙手捂著眼睛。

「滉平，你會笑我嗎？會生氣嗎？我一直都不把家庭放在眼裡，一直讓紗綾感到孤單寂寞，所有的事都推給你，但是現在仍然希望自己是她的母親。」

原本以為自己已經放手，沒想到仍然緊抓著不放。真是太自私了。問題是我自己根本沒有發現，所以真是讓人笑不出來。

「我當然無法心平氣和地認同。姑且不論我的確很辛苦，但妳的確讓紗綾感到孤單寂寞，而且還讓那麼小的孩子為妳操心。妳是不是不知道，我們離婚時，紗綾毫不猶豫地選擇我的理由，是因為她想讓妳可以盡情地工作？」

「……喔，原來是這樣。」

「妳不是一個稱職的母親，也從來沒有為紗綾做任何事，以後也不會認同身為母親的妳。」

「嗯。」

「但是，」滉平又接著說，「我原本以為妳從來不曾關心過家人，我沒有看清楚這件事，這是我的過錯，這代表我也沒有好好認識妳。雖然我認為妳的確不是一個好媽媽，但我們無法繼續成為一家人，並不是妳一個人的責任。」

滉平吐了一口長長的氣。頒發畢業證書的儀式已經結束，校長開始致詞。

「我並不認為只要有愛，就可以解決所有的問題，如果沒有行動，光有愛根本沒有意義。但是，完全沒有感情和內心有愛，兩者完全不一樣。」

「嗯。」

「紗綾讓妳和我瞭解到這件事。」

滉平吐出了這句話，我再次點頭。

「紗綾比我更瞭解我自己。」

「也比我更瞭解妳。我猜想如果我們在紗綾年紀再大一點時談離婚，可能會有不一樣的情況。」

「嗯，但是我認為現在這樣，對我們都是最好的狀態。」

「我也這麼認為。」

——媽媽，妳可以做妳想做的事。

紗綾曾經這麼對我說。我現在才終於發現，紗綾對我的包容遠遠超乎我的想像。她在瞭解我的想法、我的性格，在瞭解我一切的基礎上，仍然接受我是她的媽媽，同時願意讓我在可以自由呼吸的地方生活。

既然這樣，我能夠做什麼？

事到如今，我不可能改變自己，而且我相信紗綾和滉平對我也沒有這種期待。他們即將進入新的家庭生活，我也已經有了無法放手的重要對象。

即使瞭解自己的真心，我仍然無法改變自己。即使是像我這樣的人，是否有資格繼續好好珍惜目前擁有的重要東西？

能夠抓在手上的東西有限，任何人都無法得到所有想要的東西。人生在世，很多東西都必須放棄，但是，手上並不是只能抓一樣東西。

形塑自我的自豪感。無論我是什麼樣的人，都願意陪伴在我身旁的人；相信我的雙手，也抓得住對以前家人的、微不足道的愛。

「爸爸、媽媽、麻里。」

畢業典禮結束，畢業生回到教室，向同學最後道別的時間也結束，紛紛從校舍走了出來。紗綾忙著和同學、老師拍照、聊天，最後跑到我們身邊。

「你們有沒有看到我領畢業證書的時候？我回答得是不是超響亮？」

「對，妳的表現最出色。」

「嘿嘿嘿，這就有點吹捧過頭了。」

雖然已經是可以自由離開的時間，但畢業生和他們的家長仍然依依不捨地留在學校。

一陣強風吹來，已經開了八分的櫻花樹同時灑落片片花瓣。

「我們來拍照。」

紗綾拉著我，來到校園的櫻花樹旁。就是紗綾入學典禮時，我們曾經拍照的地方。

我先當攝影師，為紗綾、滉平和麻里拍了照，然後把手機交給麻里，我站在她剛才站的位置。我為滉平拿掉了飄落在他肩上的花瓣，紗綾握住了我的手。

「紗綾。」

「嗯？」

「恭喜妳畢業了。」

女兒抬起頭，眨了眨圓圓的大眼睛，嘴唇劃出漂亮的弧度。

「謝謝。」

「我也要謝謝妳。」

「謝我什麼？」

「沒事，以後也請多指教。」

「嘿嘿嘿，請多指教。」

「我要拍囉！」

麻里歡快地叫了一聲。滉平、紗綾和我。我握著紗綾變大的手掌，對著鏡頭露出了笑容。

第二章

Calling me

雖然我並不討厭學校，但仍然覺得放學之後，一天才終於開始。

我從課桌旁拿起舊書包，把手機和鉛筆盒塞進書包。放學前的班會課結束，許多同學都去參加社團活動，我沒有加入任何社團，開始收拾東西準備回家。

「欸，小驅。」

我背好書包，從座位上站了起來，流星叫住了我。流星也已經收拾好東西，背好了背包。

「什麼事？」

「我要和山岡他們一起去玩，你要不要一起去？」

流星向走廊的方向瞥了一眼，其他班的幾個同學聚集在走廊上。我們有時候會一起玩。他們向我揮手，我也向他們揮手。

「不好意思，我等一下還有事。」

「喔，是喔。」

「改天再約我。」

「好。」流星很乾脆地回答，但轉身準備離去之際，不知道為什麼，又轉了半圈回來面對我。

「小驅，你不是已經辭掉打工了嗎？」

「嗯，是啊，怎麼了嗎？」

「沒有啦，因為你說你有事，我很納悶是什麼事。」

我一時說不出話，流星露出一絲羨慕的眼神看著我問：

「喂，該不會是和女朋友約會吧？我完全交不到女朋友，你都整天只顧自己交女朋友！」

「不是！才不是這樣，而且我哪有整天交女朋友？」

「真的嗎？每次都只有你的桃花特別多。」

「你明明知道我沒有女朋友。」

「是嗎？只要你不是交到女朋友就好，那就明天見。」

流星立刻換上另一種表情，神清氣爽地離開了。我目送他離開後，把書包背在肩上。獨自來到走廊上，附近的幾個女生向我打招呼：「小驅，拜拜。」我也回答說：「嗯，拜拜。」然後走過她們面前。

我看了一眼新買的手錶，約定的時間快到了。我小跑著前往門口。

我先回家了一下，拿起昨天就已經準備好的東西，穿著制服出了家門。走路到約定好的「棲息咖啡館」大約十分鐘左右。因為我很著急，幾乎一路跑過去，來到咖啡館時，襯衫下的身體冒著汗。我鬆開領帶，調整呼吸後，推開了店門。

噹啷。鈴鐺響了，老闆和店員阿姨像往常一樣迎接我。

「啊，小驅，歡迎光臨。」

「午安，打擾了。」

「羽須美奶奶已經來了。」

看向老闆眼神注視的方向，發現坐在餐桌旁的羽須美奶奶向我舉起右手。我向老闆點了冰歐蕾咖啡後，在羽須美奶奶的對面坐了下來。

「羽須美奶奶，不好意思，我來晚了。」

「沒關係，你學校很忙，我不是每次都跟你說，你不必著急，慢慢來就好嗎？」

「嗯，雖然我知道，但因為我每個星期都很期待，所以就忍不住急著來這裡。」

羽須美奶奶聽了我的話，把眼睛瞇成一條線笑了起來。她用滿是皺紋的骨感手指，把一頭雪白的頭髮撥向耳後。

一年前，我在這家店認識了羽須美奶奶，我們是志趣相投的朋友。她不久之前剛過生日，記得她說自己今年七十五歲了。她的先生在十多年前去世了，她目前和女兒、女婿住在這附近，有五個孫子、孫女，除了最小的孫子以外，其他人的年紀都比我大。

「我今天帶了新作品，可以給妳看一下嗎？」

「當然啊，好期待你的新作品。」

我把墊紙和裝在透明袋內的作品排放在桌子上，那是用金屬花片和線材配件搭配貝殼做的耳環，和水滴形的玻璃彩珠和大圈狀配件組成的耳環。除了這些固定的作品以外，還以玳瑁圖案的壓克力配件和金色為主，結合香檳色的彩珠做成一條寬版手鍊。除此以外，還以苔綠色和奶紫色為基調，各做了一條類似款式的手鍊。

「啊喲，很美啊。」

羽須美奶奶戴上了老花眼鏡，拿起放在桌子上的其中一件作品，另一隻手微微推起眼鏡的鏡腳，仔細打量著這些飾品。每次這種時候，我就格外緊張。但是，請羽須美奶奶最先鑑賞我的作品，是我最期待的事。

「手鍊很別緻，雖然款式很類似，但採用不同的色調，整體感覺就完全不一樣了。小驅，你的色彩運用果然很有質感，做工也很精細。」

「謝謝，因為接下來的季節大家就不會穿得那麼厚重了，所以我想可能會有人想買手鍊。」

「對，我覺得你的想法很不錯，而且不同年齡的人都可以戴，我相信一定會很受歡迎。啊，對了，你可以做相同款式的耳環，我相信有人看到成套的飾品會願意買單。」

「好主意，我會考慮。」

太棒了！我在心裡叫了起來。雖然並沒有實際說出口，但臉上可能露出了一絲喜悅的表情。羽須美奶奶認為有問題時，都一定會向我提出建議，只有她真心覺得不錯的時候才會稱讚我。

「羽須美奶奶，那妳呢？」

「我今天沒有新作品，只是補充現有的商品。」

她從她喜歡的菜籃包中拿出作品放在桌子上。

羽須美奶奶擅長製作刺繡的布製品——胸針、化妝包、束口袋等，細膩的刺繡都是以花卉為主題，除了固定的花卉以外，還不時推出限量的新圖案。

今天她帶來的都是黃色小花、很可愛的含羞草刺繡，這是羽須美奶奶使用了多年的設計，有許多她的粉絲都爭相蒐集她的含羞草系列所有作品。

「含羞草系列真的很受歡迎，我也很喜歡銀蓮花系列。」

「呵呵，我最近也常製作銀蓮花系列的作品，上次只做了一個的書套很快就賣出去了。」

「難怪那次看到之後，下一次來時就不見了。太厲害了。」

「因為很耗費時間，所以遲遲沒有時間再做第二個，但我打算找時間再製作一個。」

羽須美奶奶的視線移向一旁，我也看向相同的方向。咖啡館的收銀台旁，有一個用好幾個蘋果箱子做的陳列架，手工藝創作者委託棲息咖啡館販售的手作商品都陳列在那裡。

我和羽須美奶奶都是租用那個陳列架販售商品的手工藝創作者，羽須美奶奶在棲息咖啡館開張後不久就開始了，我從半年前，才開始在這裡販售自己的作品。

羽須美奶奶是刺繡手工藝創作者，她的作品在這家店最受歡迎。每次出品，很快就賣出去，她根本來不及製作，但是喜歡羽須美奶奶作品的人都很有耐心地期待她的新作品，所以羽須美奶奶也向來不趕工，維持自己的製作步調。

我屬於和羽須美奶奶不同的路線，主要製作串珠飾品的作品。使用火亮珠等捷克珠和天然礦石，設計出適合女性穿戴的耳環，除了主要作品耳環以外，也會偶爾製作其他飾品，最近銷售終於步上了軌道。

我起初對販售手作飾品感到有點不知所措，但我清楚地知道，開始販售之後，比以前一個人默默製作更開心。

「希望有朝一日，也能夠像妳的作品一樣，有人說喜歡我製作的作品。」

雖然我脫口說了這種不知天高地厚的話，但羽須美奶奶沒有笑我，點了點頭說：

「我相信一定已經有人喜歡你的作品了，我就是其中一個。我喜歡你的作品，也尊敬身為創作者的你。」

「說尊敬太誇張了，但羽須美奶奶，妳真的是我崇拜的對象。」

當初是因為羽須美奶奶的推薦，我才開始在棲息咖啡館販售自己的作品。

我也是在這家店認識了羽須美奶奶。我跟著媽媽來這家店時，被羽須美奶奶的作品吸引，站在陳列架前打量時，羽須美奶奶剛好也在店裡，主動向我打招呼。

——謝謝你熱心地欣賞我的作品，這是我製作的。

那時候我剛開始打工不久，身上沒錢，並不打算購買商品，但沒想到創作者主動向我打招呼，我一時不知道該怎麼回答。我記得只是隨口敷衍了一聲，就匆匆轉身離開了。但是幾天之後，當我獨自來店裡時，又遇到了羽須美奶奶，她主動和我說話，於是不知道為什麼，我把除了家人以外，從來不曾告訴過別人的有關興趣的事……我從小時候就持續製作串珠飾品的事告訴了她。

——啊喲，是這樣啊。如果你不介意，可以讓我欣賞一下你的作品嗎？

也許羽須美奶奶察覺了我當時就在等她這句話。

於是我們又約了一天見面，我帶著比參加高中入學考試更緊張的心情走向棲息咖啡館，把手作的串珠飾品出示在羽須美奶奶面前。我用打工的錢買了材料後，製作了那些耳環。由於都是適合女生使用的款式，而且我也沒有穿耳洞，所以自己從來沒有戴過，但是我覺得製作這些飾品很開心，所以都存錢買材料和工具，思考款式，然後持續製作。

除了家人以外，我從來沒有給別人看過那些飾品。羽須美奶奶就像小女生一樣歡呼起來，稱讚我做的飾品很漂亮。

——很華麗，也很可愛，這些飾品太出色了。

我被稱讚得心癢癢的，但什麼話都說不出來，只能看著桌子上的木頭紋路。我真的完全說不出一個字。在我活到這麼大的人生中，從來不曾有過這麼高興的時刻。

那天之後，我又和羽須美奶奶見了幾次面，互相分享了彼此的作品。久而久之，我們變成固定在每週四見面，我在放學後，都會前往棲息咖啡館。有一次，棲息咖啡館的寄賣區空出了一個箱子的空間。

——小驅，你可以試試在這裡寄賣。

羽須美奶奶的話完全出乎我的意料。我製作這些飾品只是興趣，從來沒有想過要把作品當作商品出售，所以當然沒有馬上答應。現在回想起來，我沒有馬上拒絕，而是開始為這個問題煩惱，內心或許已經決定了答案。

——我的刺繡也只是興趣，只是很高興看到別人使用，所以標的價格也只是賺點零用錢而已。棲息咖啡館的委託費也只是箱子的費用，很便宜，你可以帶著輕鬆的心情寄賣。

於是，我就開始把作品交給棲息咖啡館販售。之前除了有時候送給媽媽和親戚以外，從來沒有別人看過我的作品，如今製作的是賣給別人的商品。

我擁有自己小小的店已經有半年的時間。剛開始寄賣時，遲遲沒有動靜的賣場，最近終於頻繁售出商品。雖然我當初的目的並不是為了賺錢，但看到有人購買，還是感到很高興，製作意願和速度也持續提升。

我不知道會持續多久，雖然我希望盡可能持續更久。

「哇，好可愛。」

店員阿姨送上冰歐蕾咖啡時，看到我們的作品，雙眼發亮地說。

「羽須美奶奶的作品一定會秒殺，小驅，你的作品也很可愛，我要不要買一個送我女兒呢？我女兒很喜歡這種東西。」

店員阿姨拿起我新製作的手鍊。

「這是今天要放在店裡寄賣的嗎？」

「對，因為我第一次做手鍊，所以我想寄賣看看。」

「那我下班之後買回家，因為我猜想很快就會被人買走。你的作品最近也很受歡迎，所以如果想要，就要馬上買下來。」

「謝謝，我太高興了。」

因為很難得看到客人買下商品的那一刻，所以聽到有人這麼說，腳底有一種癢癢的感覺，整個人都好像快飄起來了。

我很希望繼續聽到這種聲音。我想聽到購買我的作品的人說的話，聽聽她們選購的理由，也想知道她們戴在身上後的感想。

但是，我之前拜託老闆和店員阿姨，不要告訴客人這些作品是我製作的，所以即使親眼看到有人購買我的作品，我也不會和客人聊天，只是默默看著而已，然後在心裡頻頻感謝她們願意拿起我的作品欣賞。

「購買的客人大部分都是女生，小驅，你長得這麼帥，如果客人知道是這麼帥的男生製作的作品，一定會賣得更好。」

店員阿姨笑著說。

羽須美奶奶優雅地喝著熱咖啡。

「我覺得這樣很難為情。」

「啊喲，是嗎？你有你的想法，我不會告訴別人。不好意思，我太多話了。」

「別這麼說。」

店員阿姨聽到其他桌的客人叫她，轉身離開了。

我和羽須美奶奶又繼續聊了一會兒，寫了請款單和進貨單交給老闆後，走出了咖啡館。雖然太陽還沒有完全下山，但天空慢慢染上了夜晚的色彩。

「羽須美奶奶，下週見。」

「好，下週見。」

我向羽須美奶奶揮手道別後，走在回家的路上。不知道流星他們是不是還在玩？他們絕對猜不到，我和比我大五十八歲的朋友聊手作的事聊得這麼開心，因為學校的朋友完全不知道羽須美奶奶和我的這個興趣的事。

開始寄賣後，我對自己的作品產生了自信。我很喜歡和羽須美奶奶一起聊手作的時間，我喜歡自己的這個興趣愛好。

但是，除了羽須美奶奶以外，我無法和別人分享我的作品。

手作對我來說非常、非常重要，是我生活中不可或缺的事，但我至今仍然不敢告訴別人。

❖❖❖

一走進教室，流星立刻跑到我面前。

「小驅！」

「早安，怎麼了？」

流星滿臉堆笑。他露出這種表情，不是要告訴我開心的事，就是有事要求我。

我走向自己的座位，拿下書包坐在椅子上。流星也在我旁邊坐了下來。

「小驅，你應該知道山岡有女朋友吧？你也見過他的女朋友，對吧？」

「對啊，我記得好像是哪一所女子高中的學生。」

「我們昨天去玩的時候剛好遇到她，她也和她的同學在一起。」

「嗯。」

「所以大家約好明天要一起去玩。」

流星身體前傾，告訴我這件事，原來他是來向我炫耀和女生一起玩。我原本這麼以為，沒想到流星說到這裡，合起雙手放在臉前說：

「小驅，拜託你，你也一起來參加。」

「啊？」我忍不住發出驚訝的聲音，流星抬眼看著我說：

「你明天也一起來玩，我這輩子就拜託你這一次。」

「我為什麼要去？而且不好意思，我明天要去買東西，所以沒時間。」
「我改天找時間陪你去買東西。」
「不需要你陪我去，如果要湊人數，你去找其他人。」
「不是為了湊人數！」
「啊？」我又發出了驚訝的聲音。流星把臉湊到我面前，我條件反射地向後仰。流星不理會我，繼續靠了過來。
「山岡的女朋友說你很帥，其他女生說想看你的照片，於是我就給她們看了你的照片，結果她們說想和你見面，還說只要你去，她們星期六就願意和我們一起玩。咦？怎麼回事？你為什麼一副不高興的樣子？因為我們想和她們一起，所以才找你一起去啊！」
「唉。」
「老實說，我也不想帶你去，因為我不希望女生被你搶走，但是那些女生要求帶你一起去，所以我也很無奈啊。」
流星趴在我的桌子上假哭起來。我看著流星頭頂的髮旋，用力嘆著氣。
我明天真的打算去買東西，我打算去飾品材料行買材料。雖然也可以在網路上購買，但我更喜歡去實體店挑選，而且也很開心。

「好吧，我昨天也拒絕了你，那明天就和你們一起玩。」

流星聽了我的回答，猛然抬起了頭。

「真、真的嗎？」

「嗯，我改天再去買東西就好。」

「到時候我陪你去，太感謝了！」

「不用你陪我去啦。」

我根本不可能和他一起去買手作的材料，更何況流星知道我採買的目的，就不會說要陪我去了。

「那明天就拜託了，時間決定之後，我再通知你。」

流星走回自己的座位。我目送他離開後，從書包裡拿出鉛筆盒和手機。上課鈴聲剛好響起，班導師走進了教室。

我利用早上班會課時間，偷偷操作手機，在材料行的網路商店買了最低限度的材料。

隔天星期六，來到約好見面的購物中心，除了我以外的七個人都已經到齊了。有四個女生，還有包括流星在內、我們經常玩在一起的三個男生。除了山岡的女朋友以外，其他女生都是第一次見面，所以我就向她們自我介紹了名字。

我們在購物中心內逛了一下，然後去遊樂場玩，玩了一陣子之後，有人說「肚子餓了」，於是就一起去了美食廣場。

也許是因為過了用餐時間，剛好有兩張連在一起的四人座桌子空著。我們占好位子後，各自去買自己想吃的食物。

我想吃漢堡，於是就走去漢堡店，結果另一個女生也來到同一家店。我們一起買完漢堡後，回到座位，很自然地和她坐在一起，一邊吃漢堡，一邊天南地北閒聊著。

坐在對面的流星和他身旁的女生在聊時下流行的漫畫，兩個人聊得口沫橫飛。我對漫畫不熟，而且也不像流星那麼健談，所以事不關己地想，坐在我旁邊的女生一定覺得很無聊。

我瞥了一眼旁邊的女生，她正在一根一根吃薯條。

我的目光突然被她的頭髮吸引。正確地說，不是她的頭髮，而是她的髮飾，因為她綁在長長馬尾上的髮圈應該不是市售的。黑色布料搭配同樣是黑色的蕾絲，用圓圈吊著珍珠小珠子和姓名縮寫的英文字母，設計簡單卻不失個性，八成是手作的髮圈。

「小驅，怎麼了？」

那個女生問道，我大吃一驚。我可能盯著她的髮圈看太久了。

「啊，對不起，我只是覺得妳的髮圈很可愛。」

「髮圈？」

流星抓起我的薯條，遞到我面前說：

「小驅，你白痴喔！白痴！這種時候應該說，我覺得妳很可愛！」

「呃，不是，嗯。」

對不起。我也搞不懂自己為什麼要道歉。流星生氣地吃著薯條，但那個女生並沒有露出不悅的表情，反而對我露出了笑容。

「謝謝，是不是很可愛？這是我姊姊做的。」

「是手作的嗎？」

「嗯，我姊姊是縫紉高手，經常會做各種東西送我。」

「是喔。」

那個女生把髮圈拿了下來，一頭黑色直髮散在她肩上，發出了淡淡的洗髮精香味。

我也是身心健康的高中男生，看到女生撥頭髮的動作，和聞到與男生不同的香氣也會心動。女生說我很帥時，雖然讓我有點不知所措，但還是感到暗爽。和學校的同學一起玩的時候，或是做這種普通的高中男生會做的事，也完全不會覺得討厭。

但是，我最大的興趣並不在此。這樣很奇怪嗎？

「小驅，你對這種的有興趣嗎？」

我正在觀察她借給我的髮圈，她探頭看著我。

「要不要看我姊姊做的其他東西？」

「啊？」

「雖然我今天只戴了這個，但是我有照片。」

她拿出花卉圖案手機殼的手機，用中指操作著手機螢幕。我也跟著看向她的手機。

「女生都很喜歡做這種飾品類的東西。」

聽到隔壁桌傳來的說話聲，原本前傾姿勢的我立刻坐直了身體。指尖的熱度好像突然失去了溫度。

「不，不用了，我只是有點好奇，謝謝妳借我看。」

我把髮圈還給她，喝著飲料。那個女生回答說：「這樣啊。」把手機收了起來。

朋友都開心地笑著，我應該也跟著笑了起來，但是，我如坐針氈，滿腦子想要趕快回家。

山岡他們說，還要去其他地方玩，我說自己還有事，婉拒了繼續陪他們玩，在傍晚時和其他人道別。

回到家裡，吃了晚餐，洗完澡之後，回到了自己的房間。八張榻榻米大的房間角落的矮桌和老舊的和室椅，是我的固定座位。我用手機播放了喜愛的音樂，拿出裝了材料的盒子和工具開始作業。

這些手作材料都是我從小學時代慢慢累積起來的，起初只有便宜的小圓珠和釣魚線，但之後逐漸增加了各種材料和製作的款式。

目前材料很豐富，幾乎可以開一家店了。看著逐漸增加的盒子，就忍不住感到雀躍，看到盒子裡像寶石般的彩珠和金屬配件，就更加興奮了。

要製作什麼？要怎麼搭配？這種思考的時間最愉快。開始寄賣之後，想像著不知道誰會佩戴我製作的飾品，是幸福的時光。

「好！」

我把其中一個裝了材料的盒子放在桌上，打開了蓋子。

平時在製作時，腦子中都只有模糊的想法，在製作過程中，搭配各種材料，才能決定最終的設計和顏色，但今天我打算參考羽須美奶奶的意見，製作和上次的手鍊成套的耳環，所以事先就決定要使用玳瑁圖案的材料。

我從盒子裡拿出之前製作手鍊時也使用過的橢圓環配件，接下來要怎麼辦呢？雖然我打算使用棕色系的彩珠打造出成套的感覺，但還沒有決定明確的款式。

我先放了和手鍊相同顏色的火亮珠，那是煙燻棕色的六毫米彩珠，有一種樸實無華的感覺，我把彩珠分別放在玳瑁上方、正中央和下方，然後搭配其他配件，摸索出自己滿意的款式。

我思考了一下，終於決定了。我要讓玳瑁配件和金色流蘇垂在耳勾式耳環下方，再把棕色的彩珠和小型金色圓珠掛在金色流蘇上。

我從工具箱裡拿出愛用的鉗子和無牙扁嘴鉗和圓嘴鉗，先把流蘇剪成適當長度，然後把珠子串在T字針上，用圓嘴鉗把前端彎成環狀，掛在流蘇下方。為了整體的協調感，我用了一顆棕色和三顆金色，把由四顆珠子組成的珠鍊掛在耳環的配件上。

玳瑁的部分使用了有設計感的大型圓環，用圓環把玳瑁掛在耳環配件上。

「嗯，很可愛。」

剛完成的耳環很符合我的想像，優雅卻不失玩興。只要客人認為適合自己，絕對會想把這個飾品戴在身上。

我又做了另一個，完成了左右一對的耳環。我正在找材料，準備再製作一對不同顏色的耳環，突然想起了今天遇到的那個女生頭上的髮圈。

「髮圈喔。」

如果我來製作，會做出怎樣的髮圈呢？如果以烏干紗和麂皮作為主要材料，將兩者縫合後，用珍珠和圓珠作為點綴，不知道效果如何？嗯，應該很可愛。我很想試試。以前都一直製作串珠飾品，如果學會縫紉，應該可以拓展手工創作的範圍，而且學會新的技能，作品就會更豐富，一定能夠更加樂在其中。

「小驅。」

隨著咚咚的敲門聲，聽到了叫我的聲音。我轉過頭，對著房門問：「什麼事？」媽媽從門縫中探頭進來問：

「有羊羹，你要不要吃？你怎麼又在弄這些？」

媽媽看到桌子上的東西，用力嘆了一口氣。我嘟起嘴，轉過頭背對著媽媽，從盒子裡拿出彩珠，放在墊子上，讓彩珠轉了一圈。

「媽媽，妳也看不起我，覺得我在做這種女生才會做的事嗎？」

「啊？你在胡說八道什麼啊。」

媽媽走進房間，用和她的態度完全不同的溫柔動作把托盤放在桌子上，托盤中有切塊的羊羹和裝了可可的杯子。

「我是因為你完全不想寫功課才嘆氣，這是你從小到大的興趣，我不會多說什麼，而且我不是每次都說你的作品很可愛嗎？」

我瞥了媽媽一眼，媽媽皺起鼻子，露出很醜的表情看著我。雖然別人經常說我很像媽媽，但我完全不這麼認為。

「你今天要做什麼？」

媽媽撥動盒子裡的彩珠，發出嘩嘩的聲音。我猶豫了一下，把剛完成的耳環放在媽媽面前。

「耳環，和上次出貨的手鍊是一套。」

「啊喲，很可愛啊。對耶，和上次看到的手鍊是一套。」

「我聽了羽須美奶奶的建議，試了一下就完成了。」

「她真的很照顧你，你沒有造成人家的困擾吧？」

「才沒有呢。」

媽媽把耳環放在自己的耳朵上問我：「好看嗎？」我忍不住笑了出來。

「媽媽，不適合妳。」

「你說什麼？你這孩子說話太沒禮貌了，真想看看你的父母長什麼樣子。」

「鏡子就在那裡。」

媽媽順從地照了鏡子，對著鏡子中的自己嫣然一笑說：

「小驅，你聽媽媽說。」

媽媽放下耳環。這副耳環真的不適合媽媽，她適合更細長形的款式，而且銀色的配件更適合她。

我之前曾經做了好幾個那種款式的作品送給媽媽，媽媽每次都很高興，而且也一直都在使用。

「你在咖啡館寄賣商品的金額，已經讓你可以支付材料費，你一個高中生，能夠有這樣的成績很了不起，媽媽一直都很支持你真正想做的事。」

「……」

「如果你讀書也可以這麼投入，我會更用力稱讚你。」

媽媽「嘿喲」一聲站了起來，用力摸了摸我的頭髮。

媽媽走出去時，我無法回頭，看著自己放在桌上的指尖。

「只有你覺得自己在做的事很丟臉。」

房門關上了，手機播放的流行音樂很吵。

過了一會兒，我張嘴把一整塊羊羹都塞進嘴裡。

剛上小學後不久，我跟著表姊一起做了串珠飾品，那成為我的興趣起點。

雖說是飾品，但其實只是用釣魚線把小圓珠串起來，然後綁一個結而已的簡單作品。即使我當時手指還很不靈活，也在轉眼之間，就完成了一條手鍊。

我並沒有產生感動。這並不是我第一次因為製作東西受到稱讚，把玩那些彩珠也不至於讓我感到很特別，我只是覺得很適合自己。

我很快就央求媽媽為我買彩珠，然後還用存起來的壓歲錢自己購買。把五顏六色的彩珠按顏色分類，或是只是用釣魚線串起珠子的作業樂趣無窮，時間過得很快，每天都在轉眼之間就過去了。看著逐漸增加的彩珠和作品，簡直就像看著戰隊故事中的英雄。

我忘了那是幾年級時發生的事。

那時候我參考一些相關書籍，開始製作比較精美的飾品。學校的同學來家裡玩，於是我就拿出剛完成的戒指給朋友看。那是用釣魚線編織，看起來像是一串花的可愛戒指，我自己很滿意，所以很想和無話不談的好朋友分享，很希望聽到他稱讚我「好厲害」。

沒想到好朋友說的話和我的想像完全不一樣。

——哇，小驅，你竟然都玩這些，簡直就像女生一樣。

我以為我們是無話不談的好朋友，但他甚至沒有拿起我做的戒指看一眼，而且不知道為什麼，他笑了起來，好像覺得這件事很好笑。

——好奇怪。你是人妖嗎？

我聽不懂這句話的意思，為什麼我只是做了串珠飾品，就說我像女生？我是男生，但是喜歡串珠，所以製作了這些作品。雖然做出來的飾品的確更適合女生，但是製作自己喜歡的東西，看到可愛的東西覺得可愛，根本和是男生還是女生無關，我並沒有做任何讓人家覺得奇怪的事。

我腦袋中浮現了很多想說的話，但是我完全沒有說出口。我把戒指藏在手心，隨口敷衍了一句。我不記得當時說了什麼，但清楚地記得心臟好像被人用力揪緊般痛苦不已。

隔天去學校時，那個同學把前一天的事告訴了大家，大家都嘲笑我。我笑著告訴他們，只是表姊要我幫她做而已，大家都笑了起來，很快就失去了興趣，恢復了正常。

經過了這麼多年，我仍然持續製作串珠飾品。無論誰說什麼，我都沒有放棄，但是那次之後，我不再向任何人提起這個興趣。在中學和高校結交了新的朋友、尊敬的學長，或是信任的老師——除了羽須美奶奶以外，我沒有告訴任何人。

當年那個朋友對我說的話，就像燒傷的傷痕般留在我內心深處。雖然如果說出來，別人會覺得根本是微不足道的事，但我至今仍然無法忘記那天的事。

我做的事很奇怪嗎？即使明知道不是這樣，但這種想法仍然不時掠過腦海。我怕被別人看不起，我害怕自己做的事被別人否定，我害怕無法抬頭挺胸地否認別人否定我的事。

所以，我無法告訴任何人。

我持續隱瞞自我，今天也是一副對任何事情都不感興趣的態度，出現在朋友面前。

◆◆◆

終於到了翹首盼望的星期四。放學後，我立刻回家，拿了東西後就去棲息咖啡館。羽須美奶奶像往常一樣，已經坐在桌子旁等我，看到我走進咖啡館，對我露出了笑容。

「對不起，我來晚了，因為上完班會後，老師又找我有事。」

「沒關係，只是剛才在等你的時候，我忍不住吃了焗烤飯，今天晚餐可能會吃不下了。」

羽須美奶奶半開玩笑地說，我很自然地放鬆了臉頰的肌肉。

我坐了下來，等待剛才點的冰歐蕾咖啡送上來時，決定先說想要拜託羽須美奶奶的事。

「羽須美奶奶，請問可不可以教我縫紉？」

我雙手放在桌子上，身體向前傾。也許我的動作太誇張了，羽須美奶奶露出驚訝的表情。

「縫紉？」

「對。啊，如果妳願意的話，想請妳在有空的時候教我。如果妳覺得不方便，就直接說不方便也沒關係。」

「不會啊，我欣然答應。你想學的時候，我隨時可以教你。」

「真的嗎！」我忍不住大叫起來，正在店裡的那位店員阿姨嚇了一跳，轉頭看了過來，我慌忙鞠躬道歉說：「對不起。」羽須美奶奶覺得很好笑，用手掩著嘴。

「但是，你為什麼想到要學縫紉？」

「因為我看到一個朋友，應該說是我認識的女生戴了一個手作的髮圈。」

「髮圈？你是說戴在頭上的髮圈？」

「對，那個女生說，是她姊姊做的，那個髮圈超可愛，所以我忍不住思考，我會做出什麼樣的髮圈。」

「所以你想實際做看看嗎？」

「對。」我點了點頭，「如果我會縫紉，就可以讓至今為止所做的串珠飾品有更豐富的變化。」

除了髮圈以外，還可以做化妝包、胸飾。想像著自己學會縫紉，就想到很多想做的東西。雖然可能還要走很長一段路才能作為商品出售，也可能學藝不精，技術不到位，做出來的作品根本達不到商品的標準，但我只是想做這些東西，所以即使無法成為商品也沒關係。一旦學會更多技能，我一定更能夠樂在其中。

「是啊，一定能夠更加樂趣無窮。」

羽須美奶奶好像看透了我的心思般說道，我覺得耳朵有點發熱。我用力點了點頭，羽須美奶奶噘著嘴笑了起來。

因為羽須美奶奶說隨時都可以，所以我們約在兩天後的星期六。從棲息咖啡館回家的路上，我去了書店，買了一本手作的書後才回家。

洗完澡後，我在客廳的沙發上翻閱著剛買回來的書，媽媽拿著自己吃的點心，從廚房走了過來。她坐在桌子旁，看著我的方向後，嘟起了嘴。

「我還以為你難得讀書了。」

我正在看製作書套的方法，抬頭對著媽媽做了和她相同的表情。

「這也是在讀書，在讀書啊。」

「可惜是興趣愛好的書。咦？但不是串珠的書，是布製品嗎？」

媽媽探頭看著書的封面問。

「對，因為我要請羽須美奶奶教我縫紉。」

「喂，你之前不是說沒有造成她的困擾嗎？竟然麻煩人家這種事。」

「我拜託她的時候有跟她說，如果她不方便也沒關係，而且她完全沒有不願意的樣子，二話不說就答應了。」

「你真是的。那到時候要帶點心給她。」

媽媽打開仙貝的袋子。媽媽愛吃的醬油仙貝吃起來聲音很清脆。

「等我看完之後，就會去寫功課。」

我繼續低頭看書。

「這是理所當然的啊，學生的本業是讀書，你既然是學生，無論在其他事上多麼努力，如果不顧好自己的學業，就是自私任性。」

「我知道啦。」

「所以，只要你做好該做的事，就可以隨心所欲做自己想做的事。」

「嗯。」

我微微抬起雙眼，瞄了媽媽一眼。媽媽用舌頭舔了舔沾在上唇的仙貝碎屑。

「但是，如果你想做壞事，媽媽保證會用拳頭揍你一頓。」

「我怎麼可能做壞事？」

「媽媽想要一個新的化妝包。」

「什麼意思？是要我做給妳嗎？」

我還沒開始學呢！媽媽也未免太性急了。我笑著這麼說，媽媽露出促狹的笑容，把一塊仙貝塞進我的嘴裡，似乎打算作為訂金。

◆◆◆

和羽須美奶奶約好學縫紉的星期六。在和她見面之前，我先去了附近的手工藝店買了布料，然後發現時間差不多了，就前往棲息咖啡館。

因為我提早出門，所以難得比羽須美奶奶早到。我坐在吧檯前，和老闆聊天等她，幾分鐘後，羽須美奶奶就出現了。

「羽須美奶奶，今天小驅比妳早到。」

老闆說。

「啊喲！」羽須美奶奶驚叫了一聲，「竟然輸了，真是太可惜了。」

「羽須美奶奶，我每次遲到，妳都說不必在意，自己晚到時，竟然說輸了。」

「呵呵呵。」

這一天，我們並不打算在店裡聊天，但既然都已經來了——雖然老闆說，即使不在店裡消費也沒關係——於是我和往常一樣，點了一杯冰歐蕾咖啡，羽須美奶奶喝了一杯綜合咖啡後，我們才離開棲息咖啡館。

從棲息咖啡館附近的公車站搭車到羽須美奶奶家大約十分鐘左右，之前就聽她說，她住的房子很老舊，但這是我第一次來她家。

「就是這裡。」

羽須美奶奶走進一棟很大的日式房子。周圍用石頭圍牆圍了起來，有一個很大的院子。我很緊張地從大門走進去，羽須美奶奶的女兒——雖說是她女兒，但年紀和我的爸媽差不多——從裡面走了出來。她似乎知道我今天會來，親切地迎接了我。我盡可能很有禮貌地向她打招呼，然後把媽媽買的點心交給了她。

「啊喲喲，真是太客氣了。我才該感謝你，謝謝總是陪我媽媽。」

我瞥了羽須美奶奶一眼，她瞇起眼睛笑了起來。我覺得其實都是羽須美奶奶陪我，但還是向她女兒深深鞠了一躬。

我跟著羽須美奶奶走進房子深處，除了主屋以外，還有一棟偏屋。羽須美奶奶說，她把偏屋的一個房間作為工作室使用。

「其實我並不需要工作室這麼有規模的空間，只不過我家有很多空房間，所以就決定奢侈地弄一間工作室。」

羽須美奶奶家真的很大，光是主屋的一樓就有很多房間，而且還有二樓和偏屋，當然可以挪出一個工作的空間。

羽須美奶奶和她的女兒、女婿一起住在這棟大房子裡。以前孫子、孫女也都住在這裡，但現在都去了遠方讀大學，或是獨立生活。非假日的時候，白天只有羽須美奶奶獨自在家，所以她都默默地、悠閒地做喜愛的手作。

「就是這裡，請進。」

她的工作室是很寬敞的木地板房間，外側是簷廊，面向開著繡球花的院子。我猜想原本是榻榻米的房間，後來才改鋪木地板。

牆邊放了一張很大的工作平台，平台旁是傳統的腳踏式縫紉機。室內還有一個很老舊的日式衣櫃，她打開抽屜給我看，發現各種不同顏色的線和布料井然有序地放在抽屜裡，休息用的沙發旁有一個矮書架，書架上放著西式剪裁、日式剪裁、設計相關的書籍和植物、動物圖鑑。

「這個房間裡只放和我的興趣愛好有關的東西。」

「好棒喔，我也好想有一間這樣的房間。」

如果我家也有這樣的空間，我一定一整天都窩在那裡，然後整天被媽媽罵。

「呵呵，你可以隨時來玩，來使用這個空間。」

「妳不要開這種我會當真的玩笑。」

「啊喲，我說的是真心話啊。」

「妳老是逗我開心。」

羽須美奶奶出示了她刺繡的工具，介紹了五彩繽紛的刺繡線，和她經常使用的布料，還讓我摸了她的縫紉機。

那是知名品牌勝家的縫紉機，羽須美奶奶已經用了好幾十年。富有光澤的黑色機身上有金色的裝飾，是一台帥氣的縫紉機。

「雖然和我一樣，已經是老人了，但是功能很好喔。」

羽須美奶奶把手放在老舊的縫紉機上，看起來就像是摟著工作夥伴的肩膀。

「傳統縫紉機會不會很難用？」

「因人而異，我覺得很好用，雖然新型的縫紉機也很方便，我也很喜歡。」

羽須美奶奶又接著說：「好，我們開始上縫紉課吧。小驅，你家有縫紉機嗎？」

「雖然有，但不是腳踏式的，是媽媽買的那種市面上常見的縫紉機。」

「那你也用那種縫紉機練習比較好。」

羽須美奶奶打開壁櫥，裡面有一台和我家很像的縫紉機，把縫紉機拿出來後，放在工作台上。

「你對縫紉機的熟悉程度如何？」

「幾乎沒用過，最後一次是在中學的家政課上使用。」

「那我從縫紉機的準備方式開始教你，可以嗎？」

「好。」

羽須美奶奶教我捲底線和繞線的方法，在調整至可以使用的狀態後，讓我實際練習車縫。我立刻想起一件事，從包包裡拿出了和羽須美奶奶見面之前去買的布料。

「因為我不太懂布料，所以買了這塊棉布，可以用嗎？」

「嗯，沒問題。」

「太好了，我買了一公尺，應該可以用來做不少東西。」

「是啊，既然這樣，你就把這塊布留下來，以後用來製作作品。」

「啊？」我忍不住反問，「但是練習不是需要布料嗎？」

「不必擔心，我家有太多廢布料了。雖然我想不到用途，但覺得丟掉太可惜，所以如果你願意用那些廢布料練習，我就太高興了。」

羽須美奶奶從衣櫃最下方的抽屜中拿出一個很大的盒子，裡面有很多碎布料。從羽須美奶奶經常用來製作商品的素色布料，到各種鮮豔的花布，應有盡有。

「羽須美奶奶，妳也會使用花布嗎？」

「放在店裡寄賣的都以刺繡為主，所以都使用素色的布料，但是為家人製作各種東西時，就會使用花布。這塊布是在嫁去橫濱的女兒要求之下，為孫女做洋裝時剩下的，那件洋裝很可愛。」

「是喔，我好想看一看。羽須美奶奶，原來妳會做各種東西。」

「呵呵，我喜歡這種針線活。」

羽須美奶奶為我挑選了布料，對摺後放在機針下方，放下壓布腳，我有點緊張地按下了開始鍵。

「哇哇哇。」

我慌忙停下了縫紉機，因為車縫的速度比我想像中更快，我完全跟不上。

我轉頭看向羽須美奶奶，發現她掩著嘴笑了起來。

「原來速度設定在最快的地方，可以在這裡調整。」

「要先告訴我嘛，我心臟都快跳出來了。」

「啊喲啊喲，真對不起啊。」

我把速度調到最慢後再次挑戰，這次機針緩慢地上下跳動，布也慢慢向前進，一針一針縫了起來。

車了一段後，又轉回來重新車了一次，最後把縫紉機停了下來。把線剪斷後，給羽須美奶奶驗收，她稱讚我說：「你車得很直很好。」

然後又對我說：「你剛才用的是最慢的速度，其實稍微加快一點速度，車起來更順手。」

「我想也是，雖然最快的有點可怕。」

「你可以慢慢改變速度，瞭解最適合自己的縫紉方式。」

我重複練習了好幾次，終於習慣了縫紉機後，在羽須美奶奶的提議下，挑戰製作簡單的作品。

由我自己挑選布料和線，裁剪後縫製。我把一塊長方形的布縫製成細長形的筒狀，然後再把兩端縫起，圍成一個圈，穿上鬆緊帶，最後把入口縫起就完成了。這是我第一次完成的深藍色髮圈。

「……好可愛。」

「小驅，你做得很好。」

「謝、謝謝。羽須美奶奶，是妳教得好。」

「只要瞭解基礎的方法，就可以有很多變化，你可以在練習的同時多嘗試。」

「好，我已經想好一個款式，我會努力把它做出來。」

今天做的髮圈只是用一塊布直直地縫起來而已的簡單款，完全沒有特色，但是只要發揮創意，可以有很多變化。就好像刺繡時，只要針法不同，就可以繡出各種不同的圖案，我應該也可以製作出自己想要完成的作品。

「小驅，你果然進步很快。」

羽須美奶奶拆下縫紉機上的線時對我說。

「雖然聽妳這麼說我很高興，但我才剛學會縫紉機的基礎。」

「基礎很重要，而且車線要保持筆直其實並不容易。你很快就可以車得這麼直，所以我很驚訝。」

「是嗎？」

羽須美奶奶點了點頭。

「我相信一方面是因為你原本手就很靈巧，但更重要的是，你很專心投入。你在練習的時候就很認真。」

「但也因為這樣，用掉了很多布料。」

工作台上堆放了很多胡亂車縫過的碎布料，全都是我練習的產物。在學會車縫筆直的線之後，我不時改變針距的長度，然後又挑戰了彎角和直角。如果羽須美奶奶沒有叫我停，我可能會忘了時間，一直練習下去。

「沒關係啊，我不是說了，希望你可以使用嗎？而且教你縫紉，我也很開心。」

「羽須美奶奶，既然妳覺得沒問題，那就太好了。」

「呵呵，小驅，你真的很喜歡手作。」

羽須美奶奶露出微笑說道。我內心深處有一種心癢的感覺，垂下了雙眼，手上拿著世界上獨一無二的手作髮圈。

羽須美奶奶說得沒錯，手作是我最大的興趣，任何事都無法取代。我喜歡自己動手製作，現在覺得思考如何讓別人喜歡我的作品也是一件快樂的事。

我的想法明明如此堅定。

——只有你覺得自己在做的事很丟臉。

媽媽說得沒錯，雖然以前曾經有人因為這個原因嘲笑我，但現在是我自己否定自己的興趣。

即使如此，至少和羽須美奶奶在一起時，我可以和她分享自己喜歡的事。

第一次見到羽須美奶奶時，我就希望她知道我在製作飾品。我知道其中的原因。因為第一次見到她時，她對我說的那句話，帶給我很大的震撼。

——這是我製作的。

當我在欣賞她的作品時，她對我說了這句話。這句話很稀鬆平常，她只是隨口對我說，所以我猜想她可能已經忘了這件事，但那是我一直希望能夠在別人面前說的話。

我很害怕告訴別人自己的興趣，擔心又會遭到嘲笑，我也害怕自己會跟著大家一起笑。但其實我一直想要告訴別人，這些作品出自誰的手？我的興趣愛好是什麼？這種事根本無關緊要，我只是製作自己喜歡的作品，而且對自己的作品充滿自信，很想向別人炫耀。

我一直想告訴別人，那件作品是我製作的。

「下次要不要試試手工縫製？」
我在玄關穿鞋時，已經穿好拖鞋的羽須美奶奶嘎啦一聲打開門，對我說道。
「我還可以再來嗎？」
我脫口問道。
「當然啊，小驅，你該不會想只學一次就好？」
「那倒不是。」
「你千萬不要以為只學一次，就可以學好縫紉。」
羽須美奶奶露出銳利的眼神看著我，我只能苦笑著向她保證，以後還會繼續請她當我的縫紉老師。
雖然我一再推辭，但羽須美奶奶還是送我到門口。
打開大門，我對羽須美奶奶說：「那就改天在棲息咖啡館見。」
這時，聽到輕微的煞車聲，然後有人叫我的名字。我轉過頭。
「咦？小驅？」
流星的腳踏車停了下來，一臉驚訝地看著我。
「流星。」

我這才想起來，流星家就在這附近。

「你怎麼會在這裡？你家不在這裡吧？喔，我知道了，這裡是你奶奶家？」

流星看向羽須美奶奶，笑著向她打招呼說：「奶奶好。」我大吃一驚，偷偷看向羽須美奶奶。羽須美奶奶也笑著回答：「你好，你是小驅的朋友嗎？」

「對，小驅平時很照顧我。」

流星騎在生了鏽的腳踏車上，抓住了我的肩膀。

「你不是知道我家就在附近嗎？既然你奶奶家也在這裡，幹嘛不告訴我？」

「喔，嗯。」

嗯什麼嗯。羽須美奶奶根本不是我的奶奶，我必須告訴他，不是他想的那樣。但是，一旦這麼說，他就會問我和羽須美奶奶是什麼關係，於是我就必須告訴他，我和羽須美奶奶因為有共同的興趣，所以成為好朋友，搞不好還得告訴他是什麼興趣。這麼一來，他就會知道我的秘密。

「啊，不好意思。」

流星從口袋裡拿出手機，看了時間，「我現在要去打工，我要走了。」

「喔，好，打工加油。」

「好，那就改天見。」

流星騎著腳踏車離去，我向他的背影揮手。當他轉過街角，不見人影後，我無力地垂下雙手，向羽須美奶奶鞠了一躬說：

「對不起，讓他誤以為妳是我的奶奶。」

流星並沒有錯，錯在我沒有實話實說。我甚至無法把根本不需要隱瞞的事告訴朋友，完全是我的錯。

「你不必在意這種事。」

羽須美奶奶摸了摸我的頭。

「你這麼想，我反而很高興。啊，但是比起你是我的孫子，我還是覺得你當我的朋友比較開心。」

我緩緩抬起頭，羽須美奶奶對我笑了笑，看向流星離開的方向說：

「你的朋友看起來很懂事。」

「他雖然很聒噪，但人很好。」

「嗯，我可以感覺出來。」

羽須美奶奶的視線移回到我身上。

我一直把羽須美奶奶視為朋友，雖然很尊敬她，但我們之間的關係沒有上下之分，但這只是站在手作朋友的立場，在為人處事上，羽須美奶奶當然比我成熟多了，而且思考很深入，我和她相比，簡直差太遠了。

「我相信他不會嘲笑你的興趣。」

羽須美奶奶好像完全看透了我內心的想法，這麼對我說。

不知道為什麼，我差一點哭出來。

◆◆◆

「小驅，你經常去你奶奶家玩嗎？」

星期一來到學校，流星果然問我星期六的事。我把第一節課的課本放在桌子上，不置可否地點了點頭。

「沒有啦，只是偶爾去而已。」

「你下次去的時候，記得來找我，那附近有一家很好吃的拉麵店，我們一起去吃，也可以找你奶奶一起去。」

「喔，好啊，我會跟她說。」

「你奶奶家超大，那一帶有很多老房子，所以都很大，但我家很小。」

流星似乎完全沒有懷疑羽須美奶奶是我奶奶這件事，這也是理所當然的事，如果我告訴他，我和羽須美奶奶只是朋友，他反而可能不會相信。

「流星，你是不是有什麼開心事？」

流星一屁股坐在我前面的座位，看起來心情特別好。難道是星期六去打工時，認識了可愛的女生？

我問了他這個問題，試圖轉移話題。流星露出一絲驚訝的表情，然後嘿嘿笑著說：

「不是啦，因為知道了你的事，所以有點開心。」

「什麼？」流星的回答出乎我的意料，我露出驚訝的表情。

「因為啊，」流星繼續對我說：「你不是很少聊自己的事嗎？我從一年級開始，就和你當朋友，但第一次知道你奶奶就住在我家附近，而且也不知道你的興趣愛好是什麼。」

流星不經意地說道，我一時不知道該如何回答。因為他說的完全正確。

我自己也意識到這件事，我向來刻意不說自己的事，也努力避免別人談到我，就連經常玩在一起的朋友……雖然很想瞭解我，卻不會勉強我談論自己、心地善良的好朋友，我也從來不和他分享自己的事。

——我相信他不會嘲笑你的興趣。

我也這麼認為。流星一定不會嘲笑我。

所以，我也可以像大家在說，自己喜歡哪本漫畫，喜歡哪種音樂一樣，和大家分享我的興趣，就只是這麼簡單，並不是什麼特別的事，我卻杞人憂天地為此感到害怕。

事情沒我想的那麼嚴重，無論別人能夠理解或是否定我，都不重要。只要我能夠抬頭挺胸地說出自己喜歡的事，這樣就足夠了。如果我周遭的朋友能夠包括我的興趣在內瞭解我這個人，我會有點高興，就只是這樣而已。

「流星，我跟你說……」

「小驅、流星。」

我們同時轉過頭，山岡在走廊的窗前叫我們。

「幹嘛？」流星回答後站了起來，我也站了起來。原本興奮的心情在轉眼之間就平靜下來。

「啊，小驅，你剛才打算說什麼？」

流星轉過頭問我。

「你不是要對我說什麼話嗎？你想說什麼？」

「沒事啦，我只是想說，下次要帶我去那家拉麵店。」

「好啊，我們一起去，那家的豚骨拉麵超好吃。」

「嗯。」我回答後笑了笑。流星也笑了，所以我猜想自己的笑容和平時沒什麼不同。

星期四放學後，我急急忙忙趕去棲息咖啡館。

托特包裡除了準備交給棲息咖啡館的商品以外，還有一個髮圈。那是我使用兩種不同材質的布料做的雙面髮圈，雖然作品還很粗糙，也沒有太多設計感，照理說，還不到可以給別人看的程度，但這是我第一次自己完成的作品，我想帶給羽須美奶奶看。

「歡迎光臨。」

打開棲息咖啡館的門，老闆一如往常地站在吧檯內，店員阿姨正在擦桌子。我向他們打招呼後，打量店內，沒有看到羽須美奶奶的身影。

「羽須美奶奶今天還沒有來，今天你是第一名。」

老闆說。

「是啊，我可能太急著趕過來了。」

「怎麼了？是不是有什麼作品要和羽須美奶奶分享？」

「老闆，你太厲害了，竟然一猜就中。」

老闆呵呵笑了起來。我點了冰歐蕾咖啡，在收銀台附近的桌子坐了下來。這個座位可以清楚看到手工藝商品的陳列架，我的商品區出現了幾個空位，上週完全沒有賣出去的手鍊也少了一條。太好了。我在心裡小聲歡呼。

「小驅，你的冰歐蕾咖啡。」

我在等羽須美奶奶時，店員阿姨把我的飲料送了上來。我向她道謝後，拿出手機確認。羽須美奶奶沒有傳訊息給我。她如果有事不能來，一定會聯絡我，既然沒有訊息，就代表她等一下就會來。反正我沒有其他事，就在這裡耐心等待。

我把糖漿加入歐蕾咖啡後攪拌著，這時，原本坐在後方座位的女人走到收

銀台前結帳。店員阿姨正在為客人上餐，所以老闆為客人結帳。

那個女人大約二十多歲，從皮夾裡拿錢出來時，不經意轉頭看向收銀台旁的陳列架。她對老闆說：「可以等我一下嗎？」然後站在陳列架前，打量著架子上的商品。

我假裝不在意，偷偷瞄向那個女人，內心在意得不得了。女人的視線移向了我的作品空間。

「那對耳環和手鍊是一套的。」

女人拿起了玳瑁的耳環時，老闆這麼對她說。女人想了一下之後，拿起玳瑁耳環和手鍊走向收銀台。

她結完帳，走出咖啡館，店門關上之後，我用力吐了一口氣。雖然我一直咬著吸管，但杯子裡的歐蕾咖啡完全沒有減少。

「心臟差一點不跳了。」

老闆聽到我的嘀咕聲笑了起來。

「你又不是第一次看到有人買你的商品。」

「每次心臟都差一點停止啊。」

「啊哈哈，手鍊全都賣完了，下次希望你再來補貨。」

「好，我知道了。」

因為太緊張了，我感到口乾舌燥，一口氣把歐蕾咖啡喝完了。

剛才在整理桌子的店員阿姨走回吧檯說：

「羽須美奶奶今天怎麼這麼晚還沒來？」

店員阿姨看向店外，我也跟著看向馬路。公車剛開走，但並沒有看到羽須美奶奶的身影。

「是啊，以前從來沒有這麼晚。」

老闆看向店裡的時鐘。已經傍晚五點多了，羽須美奶奶以前從來沒有這麼晚還沒來店裡。

「小驅，羽須美奶奶有沒有和你聯絡？」

「沒有。」

「是不是臨時有事，忘記和你聯絡了？還是……」

「呃，我打電話給她。」

我從通訊錄中找出羽須美奶奶的名字，撥打了電話。鈴聲響起。一次、兩次……鈴聲超過十次後，轉到了語音信箱。我又打電話去她家，但只聽到鈴聲響個不停。

「……沒人接電話。」

我掛上了電話。向來一臉柔和表情的老闆神色有點緊張，店員阿姨也露出煩惱的表情，看了看我，又看了看老闆。

「現在這個時間，她的女兒和女婿還沒有下班回家吧？」

「嗯，我之前聽她提過，她女兒差不多六點回到家。」

「我去羽須美奶奶家看一下。」

我從皮夾裡拿出零錢，放在托盤上，把托特包掛在肩上，抓住了門把。

「小驅，你等一下。現在這個時間剛好沒有公車。」

老闆叫住了我。

「那我跑過去。」

「跑這麼遠太累了，你等我一下。」

老闆走去後方的辦公室，很快就走了回來。他丟了什麼東西過來，我不假思索地伸手接住了。原來是掛在鸚鵡鑰匙圈上的腳踏車鑰匙。

「我的腳踏車在店後面，你騎車過去，不用今天還我沒關係。」

「謝、謝謝。」

「如果有什麼狀況，隨時聯絡我，我會馬上過去。你路上小心。」

「好。」

我走出咖啡館，騎上老闆的仕女車，用力踩著踏板。雖然中途走錯路，但我仍然騎著腳踏車，希望盡可能趕快到羽須美奶奶家。

當我上氣不接下氣時，終於經過一個熟悉的公車站。那是上次去羽須美奶奶家時，我下車的公車站。快到了。不知道羽須美奶奶在不在家？還是她出門了？希望她平安無事。

眼前的號誌燈變成了紅色，我急忙煞車停了下來。這是去羽須美奶奶家最後的路口，我坐立難安，拚命調整呼吸，等待號誌燈變成綠燈。

用力握著把手的手指尖冰冷，但手掌滿是汗水，感覺有點不舒服。

如果。如果羽須美奶奶出了事該怎麼辦？不，不必擔心，不可能有事。她一定是臨時有事，或是睡午覺不小心睡過頭了。別擔心，我只是去確認一下，以防萬一。不需要緊張。別擔心。如果我不這麼告訴自己，恐怕會馬上哭出來。

「咦？這不是小驅嗎？」

聽到煞車的刺耳聲音，有一輛腳踏車停在我旁邊。

「啊……流星。」

「你該不會現在要去你奶奶家吧？」

流星可能在放學後去其他地方玩，現在正要回家。他問我：「等一下要不要一起去上次說的那家拉麵店？」雖然覺得現在不是討論這種問題的時候，但看到熟人，還是暗自鬆了一口氣。

「發生什麼事了嗎？」

「嗯，羽須美奶奶……」

「羽須美奶奶？」

流星問這句話時，號誌燈變成了綠燈，我用力蹬地，踩著踏板。

「啊，小驅！」

流星從後方追了上來。我不理會他，拚命騎著腳踏車，終於來到目的地後，把腳踏車停在旁邊。

「喂，幹嘛騎這麼快？好危險，安全第一啦。」

流星也很快趕到了，跳下了腳踏車。

我用力喘著氣，按著對講機。沒有人應答。我又按了一次，還是沒有人出來，屋裡也沒有任何動靜。

「怎麼？你沒有鑰匙？沒有人出來啊，你奶奶是不是出門了？」

「有、可能。」

我內心仍然忐忑不安。雖然知道不該這麼做，但還是推開了大門，走了進去。流星也說了聲「打擾了」，跟著我走了進來。

我沒有走去玄關，從主屋走向院子，因為我記得從那裡可以走到面向偏屋的後院……通往羽須美奶奶的工作室。走去那裡，果然看到了上次在工作室內看到的繡球花。我跑了過去，探頭向繡球花前方的簷廊張望。

「羽須美奶奶？」

工作室外簷廊的遮雨窗和窗戶都敞開著，羽須美奶奶挺直了身體，跪坐在工作室的正中央。

羽須美奶奶聽到我的聲音，緩緩把頭轉過來。

「啊喲，是小驅啊。」

羽須美奶奶的聲音和表情都和平時沒什麼不同，我感到驚訝的同時，隔著簷廊小聲問她：「請問、妳、沒事吧？」

「對，我沒事。」

「那就、太好了。呃，不好意思，我自己闖進來。」

「沒關係，你是不是擔心我，所以才來看我？謝謝你。」

羽須美奶奶說話時露出微笑，看起來並沒有忍著痛苦的樣子，真的感覺和平時沒什麼不同。但是，她非但沒有站起來，脖子以下都完全沒動。

「羽須美奶奶，妳該不會沒辦法活動？妳受傷了嗎？」

我脫下鞋子，走到簷廊上，羽須美奶奶制止了我，「等一下。」

她看到我停下了腳步，一臉膽戰心驚，慢慢吸了一口氣後吐了出來。

「對不起，真的對不起。你聽我說，說起來很丟臉……我不小心閃到腰了。」

羽須美奶奶吞吞吐吐地說，我眨了三次眼睛。

「閃到腰嗎？」

我爸爸去年也閃到了腰，我記得爸爸那一陣子經常跑醫院，而且那次之後，爸爸就經常用手護著腰，還不時做出一些奇怪的動作。閃到腰似乎真的很可怕。

「對，只要稍微動一下就很慘，所以我很害怕，完全不敢動。我知道你會為我擔心，很想聯絡你，通知你我今天沒辦法去了，但我把手機放在客廳了。最近很久都沒有閃到腰，所以我太大意了，真的太丟臉了。」

「請問我要怎麼幫妳呢？要不要叫救護車？」

「不用不用，沒那麼嚴重，現在已經沒有剛才那麼痛了，而且我女兒很快就回家了，她會帶我去常去的整骨院。真不好意思，讓你擔心了。剛才是不是你打家裡的電話給我？」

「不好意思，因為我以為妳發生了什麼事，擔心妳昏倒了。不是啦，這樣好像在觸妳霉頭。」

「呵呵呵，你不要逗我笑。」

羽須美奶奶努力保持自己的身體不動。

「呃，現在該怎麼辦？妳還無法活動，但我還是很擔心，在妳家人回來之前，我可以繼續留在這裡嗎？」

「好啊。雖然我沒事，你不必擔心，但你既然已經來了，那就請你吃點心吧。」

「不用啦，我是不請自來。」

「你擔心我，特地上門來看我，我怎麼能夠不招待你一下，就讓你回去呢？請你的朋友也一起進來。啊，但是我還不敢動，不好意思，可以請你自己去準備茶和點心嗎？上次我們曾經一起經過廚房，你還記得廚房在哪裡嗎？」

羽須美奶奶說，廚房裡有餅乾罐和麥茶，於是我走去主屋的廚房，從碗櫃中拿出了杯子放在托盤上，回到偏屋的工作屋，羽須美奶奶和流星就像多年老友般談笑風生。

看到和前一刻的緊張完全不同的景象，我忍不住有點傻眼。我端著托盤，站在門口不動，流星發現了我。

「小驅，你奶奶的手也太巧了，你看，這些都是你奶奶繡的，簡直難以相信。」流星拿起羽須美奶奶的刺繡作品，出示在我面前。那是我也沒看過的繡球花書套。

我故意用力嘆了一口氣，在他們身旁坐了下來。

「流星，羽須美奶奶不是我的奶奶。」

「啊，是這樣嗎？」

「羽須美奶奶是我手作的朋友。」

我在三個杯子裡倒了麥茶。流星好像在說什麼外國話似地重複了「手作?」這兩個字。

「嗯,羽須美奶奶在我家附近的咖啡館寄賣這些商品,我也在那裡寄賣自己動手做的手作作品。」

「寄賣?什麼?你會做這些嗎?」

「不,我做的是串珠飾品,像是這些。」

我拿出了原本打算交給棲息咖啡館寄賣的商品,流星不停地發出「啊?」的驚叫聲。

「雖然我和奶奶的作品屬於不同的領域,但因為有手作這個相同的興趣,所以經常分享作品,最近也開始向羽須美奶奶學縫紉。」

「等一下。咦?這超可愛啊,根本就和商店裡賣的商品沒什麼兩樣。這是你做的?你是怎麼做出來的?」

「怎麼做……就是把彩珠串在金屬配件上,然後用鉗子調整配件之類的。」

「可以自己做嗎?」

「嗯。啊,對了,羽須美奶奶,這是我在家裡做的。」

我不理會流星，拿出了準備帶給羽須美奶奶看的髮圈。我已經豁出去了。

羽須美奶奶接過髮圈，仔細檢查了外形和縫線後，緩緩點頭說：

「小驅，你做得很棒。原來你在家時也有認真練習，了不起。」

「謝、謝謝。」

「等一下，這也是你做的？」

「是啊，但這是誰都會做的東西，沒辦法當商品賣。」

「不不不，我就做不出來。」

流星似乎還無法完全理解，露出奇怪的表情，輪流看著我和羽須美奶奶。

羽須美奶奶瞇起眼睛露出微笑。

「你為什麼從來沒有告訴我你在做這些，也沒有告訴我，除了我們以外，還有其他朋友，我完全不知道你把自己做的東西賣給別人。」

「對不起，因為我怕你覺得我一個男生做女性飾品很娘娘腔，然後嘲笑我，所以我不敢說。」

自從多年前，朋友說我像女生，我也無法否認之後，我就不敢告訴任何人，就連在信任的朋友面前，也隱瞞了自己的一部分。

但是，說出來之後，就覺得原來並不難。因為太簡單了，無論別人怎麼看我，我就是我，我喜歡自己喜歡的事。這樣就夠了。

而且身邊一定有人能夠理解我，在背後推我一把。

「你白痴喔，誰會嘲笑你。怎麼可能嘲笑你？我反而覺得你也太厲害了，你會做這麼可愛的東西，而且還可以賣錢。太驚訝了，你正在做的事比你想像的更了不起，如果是我，一定會忍不住向大家炫耀。」

流星一臉認真地說，我吐了一口氣，微微低下了頭。

雖然很好笑，但我有點想哭。現在哭太丟臉了，所以我打算用力擠出笑容。

「我也想成為手工藝創作者，感覺很好玩，小驅，你下次教教我。」

「真的假的？沒問題啊。」

「呵呵呵，那小驅下次可以來我家開飾品教室，我也想跟你學。」

「太好了。」流星躍躍欲試地說，我假裝露出為難的表情，但還是忍不住笑了起來。

明明什麼都沒變，卻覺得好像有什麼不一樣了。無論明天下雨還是晴天，我覺得往後的日子，都將比以前的生活稍微快樂一點點。

第三章

海市蜃樓的她

夏帆傳了訊息給我。

我記得我們在成人式那天聊天之後，就沒有再聯絡，所以已經五年多了。至於見面，時間就更久了。高中畢業典禮結束，我們揮手道別之後，我就從來沒有和夏帆見過面。

『我前一陣子回來這裡了，朱音，我們來見個面吧。』

我看著通訊軟體想了一下。在已讀後等了很久，才終於回了她的訊息。

『好喔。』

「朱音，妳快趕不上公車的時間了。」

走廊上傳來媽媽的聲音。我站在洗手台的鏡子前，拚命撥著翹起來的瀏海，大聲回答說：「知道了啦。」

「即使妳今天趕不上公車，我也不會送妳。」

「我知道啦，我這就出門了。」

雖然瀏海還是無法讓人滿意，但我決定放棄，走出了洗手間。媽媽拿著我的皮包在玄關前等我。

「我不是整天都提醒妳，要有充裕的時間做準備工作嗎？」
「今天只是頭髮太翹了，平時不是時間都很充裕嗎？」
「妳昨天才因為遲到，要我送妳去上班。」
「今天不能遲到，我要出門了。」

我急急忙忙穿上舊包鞋，打開了玄關的門。一看左手腕上的手錶，發現公車抵達的時間不到三分鐘了。我全速跑在蟬兒大叫的人行道上，總算趕上了公車，但汗水已經濕了制服。還沒有到公司，我就已經想回家了。

我工作的地方位在從家裡搭公車二十分鐘的地方，那是一家不動產公司租賃部門的分店，我從短大畢業之後，就在那裡當事務員。

公司是在全國各地都有分店的大公司，但是在這種沒落地區的小型分店，就和本地的中小企業沒什麼兩樣。由於只靠寥寥數人維持分店的經營，人手經常不足，每個人需要負責的工作量當然就會增加。我也被要求負責幾乎快無法承受的業務量，而且我明明只是事務員，卻要求我協助營業部門的工作。工作很辛苦，而且老實說，在那裡上班一點都不開心，而且完全感受不到工作的意義。但是我認為工作就是這麼一回事，所以即使覺得很煩，今天仍然為了薪水去公司上班。

「早安。」

走進辦公室，負責業務的後輩和兼差的事務員已經坐在辦公桌前。平時差不多都是這樣。我把皮包放去置物櫃，臉上因為汗水有點脫妝，我隨便補了一下妝，然後又走回辦公室。

雖然還不到上班時間，但我開始打掃會客空間。反正我沒有其他事可做，而且如果不提早開始工作，可能會影響午休時間。我動作俐落地打掃完店內和店外，換了店門口的宣傳單後，回到自己的座位。打開電腦時，分店長來上班了。

「早安。」

禿頂老頭沒有理會我向他打招呼。

「朱音，幫我倒杯咖啡。」

他走過我身旁，只交代了這句話。因為每天都這樣，所以我也不會有任何想法，回答之後，走去茶水間。

從冰箱裡拿出專為分店長準備的瓶裝咖啡，倒進杯子裡，又加了分店長專用的鮮奶，把吸管插進杯子。

第一次聽到分店長吩咐「幫我倒咖啡」，是在我進公司第二天的時候。為客人倒茶是我工作的一部分，但事務員的工作並不包括為同事準備飲料。要喝咖啡就自己去倒啊！雖然我這麼想，只不過因為是進公司第二天，再加上我的個性向來不會有話直說，所以當然不可能說出自己的心聲。雖然難以接受，但還是跟著前輩同事去為分店長準備咖啡。

那位目前已經離職的前輩對我說：「這是每一代新進人員的工作，因為分店長喜歡喝年輕女生為他倒的咖啡。」原來是每一代新進的年輕女生都沒有抗議，而且其他同事也沒有勸告分店長，所以我現在必須做這種雜事。分店長是狗屎，那些放任他的傢伙也都是狗屎。

我當然不可能把內心的這些想法說出口，在這家公司上班已經好幾年，我從來沒有對其他同事說過真心話。新人的時候沒有勇氣說，適應環境之後，我覺得不說更輕鬆。遇到狀況就提意見很麻煩，也很耗體力，既然這樣，乖乖聽話還比較輕鬆，所以最後我也加入了狗屎的行列，每天上班都為別人倒咖啡。

「請喝咖啡。」

我把杯子放在長年放在桌上的杯墊上，分店長當然不可能向我道謝，看著我的上半身說：

「朱音，妳最近是不是瘦了？妳在減肥嗎？啊，該不會交了男朋友？」

真希望這個死禿頭馬上暴斃。雖然我心裡這麼想，但還是對著笑嘻嘻的分店長露出笑容說：

「我正在精進自己，希望可以早日交到男朋友。」

「但是女生稍微有點肉比較好。」

「這樣啊，我會參考店長的建議。」

我臉上保持著笑容，回到自己的座位，在電腦前確認電子郵件。

我逐一點開每一封郵件，發現了一封客戶的詢問郵件，有需要向營業人員確認的內容。這個案子是誰負責，我打量了辦公室，對坐在斜對面和我同一年進公司的業務人員說：

「有一些內容需要向你確認。」

那名同事比對著電腦螢幕和手上的資料，根本沒有看我一眼。

「我正在忙，等一下再說。」

「要等多久？」

「啊？我怎麼知道？妳看不出來我正在忙嗎？」

我也很忙，我也有堆積如山的業務要處理，更何況你是因為昨天偷懶，才會一堆工作都擠到了今天。

「請你盡快看一下。」

「那妳自己處理就好了，即使是事務員，也可以確認吧。」

我很想嘆氣，但還是忍了下來。如果不需要這個廢物業務員確認，我可以自行確認和判斷，不知道有多輕鬆。我也很希望自己三兩下就處理完畢，但是我無法這麼做，因為有各自的分工和責任，所以我才需要問他。

「我已經把郵件轉寄給你了，請務必在中午之前確認。」

我這麼告訴他，他竟然用力咂嘴。我不理他，開始回覆其他郵件。

我像往常一樣接待客人、接聽客人打來的電話、填寫資料、確認物件、更新網站，處理這些日常業務，在稍微過了下班時間後，完成了今天的工作，向留下來加班的同事打招呼後，離開了公司。搭上了每天搭的公車，坐在固定的座位上，茫然地看向窗外，提醒自己別不小心睡著了。

回到家後，媽媽為我加熱了晚餐。我沒有換下制服，就坐在餐桌旁，拿起了差不多該換新的筷子。

我也很嚮往一個人住，但是無法捨棄下班回到家，可以吃現成飯的這個環境，所以至今仍然沒有搬出去。許多老同學都已經搬離了老家，我每次都告訴自己，過一陣子再說，一拖再拖，至今仍然過著一成不變的生活。

「朱音，妳還記得西田家的女兒嗎？」

我獨自吃晚餐時，媽媽在我對面坐了下來。

「西田家？妳是說比我大兩歲的那個女兒嗎？」

「沒錯沒錯，就是她。」

我忘了她的名字，她是同一個町內會的女生，我們小學和中學都讀同一所學校，但因為年紀不同，所以並沒有特別親近，在她中學畢業之後，我們就幾乎沒有任何交集。我記得之前曾經聽我媽提過，她考上了外地的大學。

「西田家的女兒下個月要結婚了。」

明明除了我們兩個人以外，家裡沒有其他人，但媽媽好像在說什麼秘密般壓低了聲音。

「這樣啊。」

「她目前在神戶工作，聽說是在那裡認識的人。」
「是喔。」
我正在吃馬鈴薯燉肉。馬鈴薯燉得很入味，很好吃。
「天野家的小安也剛生了孩子，唉，我真是太羨慕了。」
媽媽托著腮。我吃著白飯。白飯很香，很好吃。
「朱音，妳還沒有對象嗎？我一直很擔心妳嫁不出去。」
這個話題讓美味的晚餐頓時變得如同嚼蠟。雖然剛才吃馬鈴薯時，我已經猜到會轉到這個話題上。
「我才二十六歲，妳也未免擔心得太早了。」
「已經二十六歲了，我告訴妳，接下來很快就會變老了，到時候左鄰右舍的女兒都結了婚，只有妳嫁不出去怎麼辦？」
「不用擔心。」
我把味噌湯趁熱喝完，然後喝了茶，收拾了碗盤，合起雙手說了聲「我吃完了」。
把碗盤放在水槽後，立刻走出了客廳。我假裝沒有聽到媽媽的嘆息聲，拿著換洗衣服，走進了浴室。

在浴缸裡泡了三十分鐘左右，爸爸下班回到家，催促我快點出去，他要洗澡。我不甘不願地離開了浴缸，從冰箱裡拿了罐裝的氣泡酒和味醂米果，回到了開了冷氣後，變得很涼爽的房間，把整個身體躺在喜愛的和室椅上，覺得身體就像一灘爛泥般漸漸融化。不知道時間可不可以就這樣停止十年，然後在不知不覺間流逝，當我回過神時，發現自己已經結了婚，有了孩子，辭去了工作，建立了幸福美滿的家庭。

唉，真是煩透了。

所有的一切都很無聊。每天都要去相同的地方上班，和那些不瞭解我工作的價值，認為我只是打雜的人一起工作，而且那些人也真的要求我做一些雜務工作，對我說一些性騷擾的話。回到家後，又要被灌輸那種結婚如何如何的過時迂腐價值觀，好像結婚生子才是人生的意義，才是幸福，如果無法做到，就是人生失敗組。

我討厭所有的一切。雖然這麼想，但還是無法放棄任何事，也不敢脫離常識的範圍。我就是這種人。我沒有其他想做的事，也沒有任何可以勝任的事，也並不打算辭去目前穩定的工作。每次聽到有人結婚，就有一種莫名的焦慮，希望自己也可以趕快結婚。說到底，我的價值觀也落入了所謂的俗套，雖然表現出一副嘲諷的態度，好像不把這種事放在眼裡，但完全沒有勇氣走和別人不同的路，只能過著極其普通的人生，只是維持每天的呼吸、心跳而已。

我的人生之所以如此平凡無聊，是因為我就是一個平凡無聊的人。

噗嘰。我打開了氣泡酒的拉環，低濃度的酒精滲入剛泡完澡發燙的身體。我打開了味醂米果的袋子，把兩片米果疊在一起咬了起來，左手滑著手機。

打開通訊軟體，又看了一次夏帆昨天傳來的訊息。

得知夏帆回來這裡，我很驚訝。一問之下才知道，她不是回來探親，而是辭了工作，把房子也退租後回老家，所以就更驚訝了。

夏帆是我的高中同學。雖然從來沒有同過班，但因為一件小事，我們開始經常聊天。夏帆在高中畢業的同時去了東京，之後我們就從來沒有見過面。她偶爾會和我聯絡，但在我基於義務參加成人式的那天，傳了照片給她後，她回覆「和服很好看，很適合妳」之後，彼此就斷了音訊。

即使她不再和我聯絡，我既不感到難過寂寞，也不覺得她很無情，只覺得很像她的作風。因為夏帆以前就是這樣的人。

「對了，我記得放在那裡。」

我自言自語著，擦了擦沾到味醂米果碎屑的手，把一個四方形的餅乾罐從架子上拿了下來。餅乾罐裡塞了一些我不知道該怎麼整理的零碎物品，最下方是一個簡單的金黃色信封。

信封裡裝的是夏帆拍的照片。

讀高中時，夏帆總是隨時帶著數位相機。明明用手機就可以輕鬆拍照片，但夏帆都會特地帶著相機拍照片。

信封內有二十張照片，夏帆在畢業典禮那天交給我，都是她拍的教室、花圃、附近馬路、公園的照片，每一張照片都很有味道，可以直接用來當明信片。其中混了一張我和夏帆的自拍照，這就和品味這兩個字完全沾不上邊了。

我翻著每一張照片，翻到我們的自拍照時停了下來，打量著那張照片。

我和夏帆都穿著水手服，我把齊肩的黑髮綁在腦後，當時完全不會化妝，臉頰比現在更豐腴，是典型的土包子鄉下女生。夏帆一頭沿著臉部輪廓修剪的短髮很可愛，一雙像貓一樣的大眼睛令人印象深刻。她很迷人，也很亮眼，即使相隔多年的現在，仍然覺得她很脫俗。

我認識夏帆之前就已經知道她這個人，雖然她不會標新立異，卻很引人注目。雖然她沒有獨來獨往，但也不會加入小團體；雖然目光會被她吸引，卻又無法輕易靠近她。因為她是一個與眾不同的人。

沒錯，夏帆和其他人不一樣，而我就是那些其他人之一。當時的我和現在一樣，根本就是平凡這兩個字擬人化的存在，但夏帆和我完全相反，她絲毫不害怕和其他人不一樣。

「我們為什麼會變成好朋友呢？」

我問照片中的自己。即使照片中的我會說話，應該也會說：「我怎麼知道？」

我和夏帆的臉占滿了長方形照片的整個畫面。我和夏帆都因為夏天的酷熱滿臉通紅，笑得臉都皺成一團。

夏帆在畢業後，去東京實現了夢想。她說她很快樂地投入工作。她總是具有自己的色彩，絕對不會落入周圍人建立的平凡框架，一定生活在我根本無法想像的華麗世界。

沒想到夏帆竟然回來了。我不知道其中的理由，但是我相信她一定有自己的想法。

「還是老樣子，我和她完全不一樣。」

我把照片放回信封，重新放回架子上。我打算今天早點上床睡覺，於是把剩下的氣泡酒一飲而盡。

這時，手機發出了短促的聲音。打開一看，原來是阿修傳了訊息給我。他說他剛下班，累死了，這種內容有說和沒說差不多。我回了『加班辛苦了』幾個字，然後又順便傳了一個「辛苦了」的貼圖給他。他立刻已讀，又傳了訊息給我，我也馬上回覆了他。來回傳了幾次之後，我有點累了，就傳了『晚安』，關掉了通訊軟體。

我去廚房洗了氣泡酒的罐子，去洗手間刷了牙。爸爸還在客廳，於是就向他說了聲晚安，回到了自己的房間。我關燈上了床，在閉上眼睛之前，又拿起了手機。阿修也傳了『晚安』的訊息給我。我把手機放在枕邊，翻身閉上了眼睛。

阿修是在短大時期的朋友介紹下，上個月才認識的新朋友。他比我大一歲，在大型車廠經銷公司上班，和我一樣，只能在非假日休假。之前剛好休假日相同時見了兩次面，現在幾乎每天都會聯絡。雖然還沒有交往，但我想對方應該對我有意思。

我也對他頗有好感。阿修個子高大，外表也不差，工作很穩定，而且不會在我面前擺出一副高高在上的態度。雖然我還無法充分瞭解他的性格，但目前還沒有發現什麼太大的缺點。

再相處一段時間，也許我們會交往。考慮到我們彼此的年紀，很可能會結婚。嗯，我可以明確規劃出未來。和溫柔體貼的丈夫一起生活，在三十歲左右生兒育女的人生。很好啊，很不錯，這樣的未來幸福而又平凡。

❖❖❖

夏帆說，她隨時都有空，於是就配合我休假的日子相約見面。地點就在我有時候會造訪的附近一家咖啡館。

約定的日子，我比約定的下午一點提早十分鐘來到了「棲息咖啡館」。我推門而入，門上的鈴鐺響起時，店員走過來迎接。

「我約了人。」我在說這句話時，後方的座位有人叫我。

「朱音。」

抬頭一看，夏帆正在向我揮手。我向店員輕輕鞠躬，走向夏帆的那張桌子。

「夏帆，原來妳已經來了。」

「我剛到。好久不見。」

「真的，我們幾年沒見面了？」

我在她對面坐了下來，放下皮包。夏帆感覺和當年一樣，但比高中時更成熟、更有韻味，變成一個美麗的都會女子。

她鮮紅的嘴唇和零層次黑髮很適合她。雖然她和我一樣，都穿著T恤和牛仔褲，但和土裡土氣的我不同，夏帆看起來很有型。如果精心打扮後仍然被她比下去，我會很傷心，所以暗自慶幸自己沒有刻意打扮就來赴約。

「妳已經點了嗎？」

我翻開菜單。我每次來這裡，幾乎都點卡布奇諾，今天天氣很熱，所以喝冰的好了。

「我還沒點，想說等妳來了之後一起點，但我已經想好要點什麼了。」

「喔，這樣啊，那我點冰卡布奇諾。」

「妳只點飲料嗎？我還想吃甜點。」

「真的嗎？如果妳吃了，我也會想吃啊。」

「想吃就吃啊。」

「就這麼辦。」

我點了冰卡布奇諾和草莓鬆餅，夏帆點了冰咖啡和舒芙蕾乳酪蛋糕。

我闔起菜單，夏帆對我嫣然一笑。這種和她鶴立雞群的氣質毫不相襯的親切笑容，和高中時完全一樣。

雖然我們多年沒見面，但是看到夏帆一如以往的樣子，覺得沒有見面的空檔一下子縮短了，好像無縫接軌到當年，在聊天時完全沒有任何不自在。我和夏帆都沒有改變。

「這家店很不錯，很有時下流行的感覺，我不知道有這家店。」

我隨著夏帆的視線打量起店內。其他幾張桌子也都有客人，店員阿姨和男人——我之前以為那個男人是打工人員，最近才知道他原來是老闆——正在吧檯內作業。這家店無論有很多客人，還是沒什麼客人時，都有一種悠閒的氣氛，所以很輕鬆自在。

「妳離開之前，這家店應該還沒開張，我記得是在我開始上班之後才開的。」

「妳經常來這裡嗎？」

「有時候一個人會來，反正休假的時候閒著沒事。」

「對啊，妳以前就完全沒有興趣愛好，原來現在也一樣。」

「不好意思啊，我就是這麼無趣的人。」

「我又沒這麼說。」

我們露出調皮搗蛋的小孩子般的表情相視而笑，我想起我們以前也經常有這種對話。

「對了，這個超可愛，我一眼就看到了。」

夏帆指著我的右耳說，我摸了摸垂著玳瑁圖案配件的耳環說：

「喔，謝謝，是不是很可愛？」

「該不會和妳的手鍊是一套？很少看到這種設計，很漂亮。」

「我就是在這家店買的。」

「是嗎？原來還有賣這種東西。」

「對，就放在收銀台旁的陳列架上。雖然我很喜歡，但平時上班不可能戴這種飾品，所以都在休假時戴。」

「是喔。」夏帆聽了我的說明後附和著，然後把手肘架在桌子上，歪著頭問：

「對了，妳目前在做什麼工作？」

「我沒有告訴妳嗎？我在不動產公司做事務工作，短大畢業後就一直在那家公司上班，很無趣就是了。」

「但即使無趣，妳還是堅持下來了，太了不起了，而且也是一份穩定的工作。」

「我只是因為沒有其他想做的工作，而且對我來說，工作就是為了賺錢，所以才能撐下來。」

「啊哈哈，很像是妳會說的話。」

即使是這種聽起來好像遭到輕視的話，但從夏帆嘴裡說出來，我完全不會生氣，實在太不可思議了。如果禿頭上司說同樣的話，我一定在腦袋裡不知道賜死他多少次了。

夏帆很神奇，無論以前和現在都一樣。

她難以捉摸，即使和她聊了很多，仍然對她一無所知，但是有一件事很清楚，她具備了很多我沒有的東西。我以前很羨慕夏帆那種令我望塵莫及的生活方式，而且也很喜歡她。

「夏帆，妳回來之後，有沒有和誰見面？」

「沒有，我好像也沒有告訴任何人我回來這裡了。」

「原來是這樣。」

「我不想搬離老家，所以之後可能會偶然遇到誰吧。」

「我沒想到妳會回來。」

我們的飲料送了上來，我緩緩攪拌著冰卡布奇諾的泡沫。

「嗯，」夏帆小聲嘀咕著，「那裡的工作很充實，我對自己的技術也很有自信，也經常有人指名要和我合作，工作很開心，而且我也覺得自己很適合都會的生活。」

「嗯。」

「但是，發生了很多事。」

「很多事？」

「對啊。」

我以為夏帆回來這裡，是她的人生道路上有了新的目標。我以為她為了實現這個目標，就像她當初離開這裡去東京一樣，現在又笑著揮揮手，準備邁向新的地方。

但是我猜錯了，夏帆並不是基於正面的理由回來這裡。

「我無法繼續留在那裡了。」

高中三年級的夏天，夏帆對我說，她以後想當攝影師。

她的舅舅是風景攝影師，她在舅舅的影響下，愛上了攝影，然後希望以後能夠從事攝影工作。夏帆實現了夢想，高中畢業後，她去東京的某個攝影棚當實習生開始工作，一年之後，就開始獨當一面，自己為客人拍照片。

『我今天去拍了婚禮，客人很高興。』

我記得夏帆曾經和我分享這件事。她向來很少主動分享自己的事，可見她也很高興。我也很真誠地回覆她『太好了』。

夏帆有自己想做的事，也富有行動力，興趣也成為她的工作，不受任何人的影響，自由自在、開心地過日子。和我這種沒有想做的事，只會隨波逐流，追求穩定，過著乏善可陳的人生的人完全不一樣。我一直這麼以為。

「長大真討厭，因為無法再像學生時代那樣隨心所欲。雖然自由，卻不再有保護傘，只能靠自己找到理想的妥協點讓步。」

夏帆喝著沒有加牛奶，也沒有加糖漿的冰咖啡，我也喝著冰卡布奇諾。我覺得今天的卡布奇諾好像比平時淡，雖然其實應該和平時一樣。

「我回來之後，什麼都沒做，雖然必須工作，但我完全不想做任何事。」

「要不要在這裡找攝影棚？」

「嗯，再說吧，我可能會暫時遠離攝影工作。」

夏帆若無其事地說道，舉起雙手，伸了一個懶腰，張大擦了鮮紅色口紅的嘴巴，旁若無人地打著大呵欠。

「可能翻一下徵人雜誌，隨便找個工作，然後該怎麼辦呢？乾脆來試試婚活好了。」

我瞪大眼睛，看著夏帆的長睫毛。夏帆的視線回到我身上時問：「怎麼了？」

「啊，沒有啦，沒事。」

「我已經老大不小了，所以覺得也可以考慮結婚。我朋友說，生孩子很不錯。啊，朱音，妳結婚了嗎？」

「不，還沒有。」

「那我們要不要一起去參加婚活派對？」

夏帆笑著說。我笑不出來，剛才點的甜點剛好送上來，夏帆應該沒有發現我笑不出來。

我吃著蓬鬆的鬆餅，和夏帆天南地北閒聊著。我的近況、學生時代的事，以及夏帆攝影工作上的事，只是並不包括夏帆剛才說的「很多事」。只要我發問，她無話不說，也聽我訴苦。我們開心地聊著往事，夏帆提到她在東京發生的趣事時，我也能夠笑出來。

這是和朋友聊天的愉快時光，但我的內心急速冷下來。

這只是和普通朋友的聊天，並不是和夏帆共度的時光。夏帆以前在我眼中，是與眾不同的人，但是眼前已經不是那個光芒四射的夏帆了。

「朱音，妳真的完全沒變。」

夏帆笑著說這句話時，我露出了什麼樣的笑容？

以前的夏帆是一個貫徹自我的人，她完全不在意周圍的視線和別人的意見，只相信自己所相信的事物。無論別人怎麼看她，她都無所謂，她能夠毫不猶豫地說，只要自己喜歡自己就夠了。

我不知道夏帆在我們沒有見面的八年期間發生了什麼事，如果她不說，我也不打算問。

但是我發現，夏帆變了。因為她竟然會因為受到挫折就回老家，而且還說什麼自己老大不小，要去參加婚活，難以相信會從她的口中聽到這種凡夫俗子說的話。我所認識的夏帆，絕對不會說這種話。

我不禁產生了近似失望的感情。我當然沒有權利失望，因為那只是我對夏帆一廂情願產生的幻想而已。在她身上看到和我這種一廂情願的幻想不同的一面，產生遭到背叛的感覺很愚蠢。夏帆用自己的方式，在陌生的地方努力，吃了不少苦，流了不少淚，也有很多不甘心，然後回到這裡。身為朋友，我應該接受她，摟住她的肩。我連這種事都做不到，有什麼資格失望？反而是夏帆該對我失望。

即使如此，我仍然希望可以繼續作夢。

我隨波逐流，走不出平凡的框架，但我希望夏帆能夠活出我達不到的生活方式，希望夏帆具備我所沒有的東西。

雖然我知道，這根本是我的一廂情願，和夏帆根本沒有關係。

但我仍然希望她還是那個在夏日的陽光中，一副對這個世界無所畏懼的態度，滿臉歡笑的她。

◆◆◆

「非常抱歉。」

我把電話貼在耳邊，對著冷冰冰的電話鞠躬。耳邊的電話中仍然傳來對方滔滔不絕的責備聲。

不久之前，曾經使用本公司服務的客人打電話來客訴，但是聽了他說的內容之後，我發現我們並沒有做錯任何事，只是對方心情不爽而已，但是我當然不可能對著他說「你這個死老頭，在說什麼鬼話」之類內心的真實想法，只能腦袋放空，不停地向根本不知道長什麼樣子的對方道歉。

上司一再叮嚀，絕對不能和客人吵架。姑且不論莫名其妙地上門找麻煩的人是不是有資格稱為客人，反正我們不能情緒失控，必須保持冷靜，無論在任何狀況下，都必須真誠地回應客人。

所以，雖然我內心不停地罵著比對方更難聽的惡言惡語，但還是繼續聽著對方的不滿和漫罵，恭敬地為造成他的不愉快道歉，提出了幾項解決方案。只不過聽聲音像是中年男子的來電者完全不接受，而且他只是喋喋不休地說著自己的意見，根本沒有認真聽我說話。雖然那種一個勁大聲咆哮的人也很麻煩，但是我覺得電話中這種自認為「我很冷靜地表達正確意見」的人最頭痛。因為他認為自己很正常，完全聽不進其他人——尤其是他認為地位比他低下的人說的話。

『和妳說話沒有意義，可以找妳的上司來聽電話嗎？』

我要殺了你。我差一點這麼說。既然你覺得沒有意義，這十五分鐘算什麼？對我來說，聽你數落的這十五分鐘更加沒有意義。

「是，請稍候。」

我用謙卑的聲音，一臉認真的表情對著電話說道，然後按下了電話機的保留鍵，看向禿頭分店長。分店長知道我接到了客人的投訴電話，所以絕對不看我一眼。你也去死。我忍不住小聲罵了一句，叫住了剛好走進辦公室的男性前輩。

「廣瀨前輩，你上次皮夾掉了的時候向我借的一萬圓還沒還我。」

「啊！」前輩應了一聲。我默默把電話遞到他面前。前輩立刻知道發生了什麼事，心領神會地走到我的桌子旁。

「可以抵銷那一萬圓嗎？」

「可以算你九千五百圓。」

前輩在我旁邊的椅子上坐了下來，解除了保留。我悄悄豎起耳朵，聽著電話中傳出來的聲音。

「您好，現在由我為您服務。」

前輩在自我介紹時，報上了自己的職稱，對方又重複了剛才已經對我說過的話。不知道是不是心理作用，我覺得他說話時的氣勢比剛才弱了一些。

「喔，是這樣啊，真是太抱歉了。」

前輩把一隻手的手肘架在桌子上，一臉呆樣說著電話。他根本沒說什麼像樣的話，甚至還不如我，沒想到那個投訴的人竟然很乾脆地收了兵，說什麼「你們瞭解就好了」，只說了三分鐘左右就掛斷電話。

我靠在椅子上。原來如此，我剛才講電話的十五分鐘的確毫無意義。對方一開始就不想聽我這個沒有任何頭銜的年輕女員工說任何話。

爛透了。我忍不住想。但這種事太常見了，我在出社會後，看過太多爛人，只要遇到比自己年輕的女人，就擺出一副狗眼看人低的態度，所以我現在根本不會為這種事受傷。只是無論經歷多少次，仍然會生氣，也會感到很空虛。目前這個社會，在衡量一個人的價值時，往往和能力無關，而是用年齡或是性別這種標準來判斷，而且那種懦弱的人一旦遇到男人，說話就不敢大聲了。

「下次接電話時，要用變聲器變成男人的聲音。」

我認真考慮這件事，前輩不知道是當了真，還是開玩笑地表示肯定說：「好主意。」我瞥了他一眼，發現他為剛才講電話時畫的貓補上了幾根鬍鬚作為收尾。

「但是我勸妳別把這種事放在心上，在意這種事太不值得了。」

「雖然知道，但即使不至於受傷，還是會想要殺了對方。」

「社會上有很多這種人，我這幾年才終於擺脫了因為年輕，就被人看輕的狀況，我要提醒自己，以後不要變成這種老頭。」

前輩擅自打開了別人桌子上的罐裝咖啡。

「也可能剛才那個老頭知道妳在心裡罵他，所以才會對我這麼客氣。」

「我很擅長隱瞞內心的想法，我很有自信，別人絕對不可能發現。」

「所以妳承認剛才在罵他。」

「難道你在講電話時，是發自內心道歉嗎？」
「我在想午餐帶來的火腿三明治。」
「那我至少還是在想那個老頭的事，比你好多了。」
「但那是我弟弟親手做的，很羨慕吧？我弟弟在開咖啡館。」
「是喔。」
我重新面對電腦，開始整理新入住者的檔案，前輩仍然坐在我旁邊的座位摸魚，直到他喝完罐裝咖啡時被分店長發現，只好心有不甘地回去繼續工作。
午休時間，我吃便利商店買回來的便當時滑著手機。我在網路上亂逛時，看到一部即將上映的電影，那是一部描寫好幾個家庭的人性戲劇，由目前當紅的年輕女演員主演。雖然我對藝人沒什麼興趣，但這名女演員的演技很出色，再加上我們年紀相近，我最近漸漸喜歡上她。
等電影上映之後，要不要找時間去看一下？我正想繼續蒐集相關資料，發現訊息通知出現在手機螢幕上方。是之前介紹阿修給我認識的那個朋友傳來的訊息，問我和阿修的進展如何。
我把筷子含在嘴裡，左手俐落地輸入文字。

『幾乎每天都有聯絡。』

我傳了訊息，朋友立刻已讀後，也立刻回了訊息。

『阿修似乎對妳很有好感，妳呢？』

沒想到朋友直球對決，我吃了一口炸白身魚。

『我也覺得他不錯啊。』

『真的嗎？太好了！我覺得你們絕對超適合！』

『只不過因為時間不合，才見了兩次面而已。』

『我叫阿修主動約妳！』

我傳了一個「拜託了」的貼圖，朋友也回傳了貼圖。我關掉了通訊軟體，正準備吃撒了芝麻鹽的白飯，發現飯已經冷掉了。於是就用公司的微波爐重新加熱，繼續看電影的相關資訊。

那天下班後，又搭了同一班公車，在同一個公車站下了車。走回家差不多五分鐘路程，從小看到大的街道，今天也平凡又平靜，一如往昔。不知道為什麼，這天我在平時不會停留的地方停下了腳步。

那是一家小型花店。也許是快打烊了，店員正在收拾。

放在店門口的鐵皮花桶內有兩朵向日葵，八成是賣剩的花，但盛開的向日葵很美。

我沒多想，把兩朵向日葵都買了下來。回到家後，把花交給媽媽後，她不知道什麼時候插進花瓶，放在我的房間內。

「妳怎麼了？怎麼會突然買花回家？」

洗完澡，在抓頭髮時看著向日葵，媽媽從走廊探頭進來問道。原本還在想，媽媽怎麼都沒有吭聲，但她顯然很在意。

「沒有什麼特別的意義，就只是剛好看到。」

「而且只買兩朵，既然要買，就請店家幫妳搭配成一束花啊。」

「因為花店的花幾乎都賣完了啊。」

「算了，這不重要。」

「既然這樣，妳一開始就別說啊。」

媽媽不理會我的抗議，轉身準備走出我的房間。

「都忘了上次在妳的房間看到花是什麼時候。」

門啪地一聲關上了。我將視線移回架子上的那兩朵向日葵，忍不住呶著嘴，用因為泡澡而被泡得皺巴巴的指尖戳著黃色的花瓣。

「高二的時候。」

看到這兩朵向日葵時，我有一種懷念的感覺，因為我想起了和夏帆認識的那一天，所以才會買這兩朵花回家。

十七歲的暑假。花圃內的向日葵盛開。那是一個酷熱的日子，身體幾乎從內側開始融化。夏帆拿著一台小型數位相機，出現在我面前。

高二的時候，班上用猜拳決定參加委員會的人選時，我猜拳輸了，只好加入了根本沒興趣的綠化委員會。

我這個人會嫌東嫌西，但就是沒辦法偷懶的個性，雖然很不甘願，但每次都認真做好委員會的工作，所以顧問老師很喜歡我，好幾次都送我花圃種的花。

綠化委員會的工作一點都不好玩，但我告訴自己這是義務，所以就乖乖完成作業。但我還是有無論如何都不想做的事，那就是暑假時，為花圃澆水。

澆水值日生由各班兩名綠化委員組成一組，各組負責一個星期，輪流完成暑假期間的澆水作業。必須在自己當值日生的七天期間，每天來學校，為中庭巨大的花圃澆水，簡直累死人了。

但是，這種倒楣事並不一定會落到我們班的頭上。暑假只放五個星期，也就是說，只有五組綠化委員被迫做這件事。我們學校各個年級都有八個班級，總共有二十四個班級，輪不到的機率更高。

決定值日生班級的方式很公平，就是用抽籤的方式進行。哪個班級抽到寫了值日生順序號碼的籤，就由那個班級負責澆水。

我代表我們班去抽了籤，然後毫不意外地抽中了寫了③的籤。我在根本不想中籤的時候抽籤運特別強。於是，我只能在暑假期間，來到學校為花圃澆水。

當澆水值日生的那一天，照理說該和我一起澆水的另一名綠化委員沒有來。那個傢伙從頭到尾都沒來過一次，第一天我很想揍他，但事後回想起來，如果還有其他人，我和夏帆就不可能成為好朋友，因此以結果來說，應該慶幸只有我一個人來學校澆水。

那天從早晨開始就烈日當頭，那一名綠化委員沒有來，我只能努力平靜心情，用水管為中庭裡的向日葵澆水。因為老師的悉心照顧，所以向日葵都競相盛開。既然老師花了這麼多心思照顧，老師自己來澆水就皆大歡喜，但老師「希望學生也可以體會種植物的樂趣」，所以她認為對學生來說，暑假的澆水值日生工作是一件有意義的事。

我無法感受到任何感動和成長，獨自默默地澆著水。花圃從中庭的這一端一直延續到另一端，當時我剛好澆了一半，正在用掛在脖子上的毛巾擦拭著滿是汗水的額頭。

——請問我可以拍照嗎？

聽到聲音，我轉過頭，看到拿著數位相機的夏帆指著花圃的花問我。

她完全沒有化妝，但眼睛很大，有點曬黑的皮膚上不僅完全沒有青春痘，甚至看不見毛孔。我第一次這麼近距離看她。我這麼想著，然後回答說：「沒問題。」夏帆對我笑了笑，開始拍向日葵。

我之前就知道夏帆。她很漂亮，與眾不同，很引人注目。雖然我之前就對她充滿好奇，但我並不打算和她搭訕，只是默默做自己的事。在我還剩下四分之一時，她叫了我一聲。

——可不可以請妳從這個角度，把水澆在這朵向日葵上？

為什麼？我很忙欸。雖然這麼想，但我從以前就不會把內心的想法說出口，更何況我已經澆水澆到心生厭倦，所以我就按照她的要求，斜斜地拿著水管，營造出帶有弧度、很有藝術感的水柱。

夏帆連續拍了好幾張向日葵淋水的照片，然後一臉興奮地向我出示了她拍的照片。

水滴閃著光芒，花瓣嬌豔躍動。雖然我只能想到這種平淡無奇的詞彙，但她拍的照片真的很漂亮。夏帆發現了我的驚訝，也高興地說要拍更多照片。我也產生了興趣，陪著她一起拍照。

那一天，我帶著莫名的成就感，用中庭的自來水洗了臉，揮手向夏帆道別。回到家中，稍微冷靜之後，在為曬紅的臉頰擦上軟膏時，忍不住思考，今天的自己到底在幹什麼？這一切是不是白日夢？

夏帆在隔天也出現了。她理所當然地和我說話，我知道昨天的一切不是夢境。那一天，我也看著她拍照，不時當她的小助理。第三天、第四天也一樣，在我當澆花值日生的一個星期，她持續為花圃的花拍照。在我完成澆花值日生的工作時，我們互留了聯絡方式，成為無論在校內和校外都會聊天的朋友。

夏帆雖然有很多朋友，但不會加入小圈圈，她並不在意自己一個人。她不喜歡配合別人，會把自己想做的事放在第一位。她很有自己的原則，為了堅持自己的原則，有時候會直截了當說出讓對方感到難堪的話。她因為這個原因得罪了不少人，但我反而覺得夏帆的這種個性很酷。

無論以前還是現在，我向來很在意他人的目光，很怕遭到孤立，為了避免顯得和大家格格不入，我寧願壓抑自我，配合其他人。我並不討厭這樣的自己，因為大部分人都和我一樣。

但是夏帆不一樣，她能夠輕易打破別人設定的框架，無論別人給她貼上什麼樣的標籤，她都完全不在意。無論別人怎麼評價她，她都不會動搖，因為她的價值向來由她自己決定。

——我問妳，妳從來不會對不合群這件事感到害怕嗎？

我以前曾經問過夏帆這個問題，夏帆用一臉錯愕的表情回答了我。

——當然啊，為什麼要感到害怕？

——因為配合其他人不是比較輕鬆嗎？只要活在別人決定的框架中，就很安全，也很和平，我覺得在那樣的環境下生活更容易呼吸。

——對妳來說或許是這樣，但是我覺得壓抑自己的想法，和別人說同樣的話，做和別人同樣的事更累人，因為我覺得這樣就失去了我是我的意義。

——即使被別人認為妳有點奇怪也無所謂嗎？

——那很帥啊，我求之不得。

夏帆說完這句話，又補充了一句。

——啊，但是我最近想法可能有點改變，只是基礎的部分沒有改變。我只是做我自己想做的事，因為我希望隨時保持自己喜歡的樣子。

夏帆說她的想法有點改變，但並沒有告訴我，發生了怎樣的改變，也沒有說為什麼改變，但是那時候的夏帆絕對比任何人更瀟灑。

雖然我們是平等的朋友，但我內心一直對她充滿嚮往。因為我無論怎麼努力，都無法成為像她那樣的人，而且我也並不希望成為那樣的人，只是我在夏帆身上看到了自己並不具備的閃亮價值。

在我眼中，夏帆始終都是在遠方閃亮的英雄。

我將視線從插在花瓶中的向日葵上移開，倒在床上。我還不想睡，所以沒有睡意，但暫時無力離開床墊。

我嘆了一口氣，把臉埋進枕頭。因為無法呼吸，於是抬起了臉，吸了一口氣後，再次埋進枕頭。

我很難過。踏上社會，被上司性騷擾，被同事輕視，被客人罵，都不曾感到這麼空虛。

夏帆的改變完全超乎我的想像，讓我深受打擊。

我很清楚，我們當年都還是小孩子，現在已經長大成人，長大過程中不改變才有問題，因為別人的改變而唉聲嘆氣才是傻瓜，才是愚蠢的行為。

——雖然自由，卻不再有保護傘。

小時候無所畏懼，但現在不一樣了，我們無法隨心所欲地活著，人生在世，必須和這個世界妥協。受到周圍的影響，隨波逐流，和其他人一樣，活在俗世的框架中，然後覺得這就是幸福，繼續過日子。我和夏帆都一樣。

「也許是我太愛幻想了。」

我埋在枕頭中小聲嘀咕。

不知道哪裡傳來手機的聲音。

我緩緩抬起頭，爬下了床，撿起丟在地上的手機。夏帆傳了訊息給我。

『下次休假有空嗎？我想去一個地方，妳要不要陪我一起去走走？』

我沒有馬上回覆。那天我並沒有其他事，但是我不知道現在和夏帆見面，是否能夠感到樂在其中。

我正陷入煩惱，又收到了訊息，我以為是夏帆，沒想到是阿修。他的訊息內容和夏帆完全一樣，想約我下次休假時見面。八成是朋友要他積極約我，既然他真的來約我，想必他希望和我有進一步的發展。

我遲遲沒有回覆，但在睡覺之前，才終於回覆了他們。我對阿修說，那天我剛好有事，婉拒了他。然後只回了夏帆一句「沒問題」。

連我自己都搞不懂作出這種選擇的理由，只是隱隱約約，真的只是隱約覺得，我想這麼做。

❖❖❖

約定日子的早晨五點，夏帆開著租來的車子，來到約定見面的棲息咖啡館。

天氣晴朗，現在的時間還勉強不會流汗，但是到了中午，就可以充分感受到盛夏，不難預料到將會出現本季最高的氣溫，是完完全全的八月天。

因為夏帆說要出去玩，我還特地從衣櫃裡找出一件漂亮的洋裝，但夏帆穿著T恤和牛仔褲，戴了一頂黑色帽子，一身輕鬆打扮現身，我立刻知道自己穿錯衣服了。

「我回家一趟，去換一下衣服。」

「不用啦，妳穿這樣也沒問題。啊，妳穿這樣很好看。」

「妳不要說這種假惺惺的話，早知道應該先問妳要去哪裡。」

「即使妳問我，我也不會告訴妳，這樣不是更充滿期待嗎？」

我忍不住對她癟嘴。

我們都點了早餐特餐。老闆問我們，是不是要出遊？夏帆笑著回答說：「對。」填飽肚子後，走出咖啡館，坐上了黑色輕型車。

夏帆坐在駕駛座上，我坐在副駕駛座上，後車座放了一個四方形的黑色大皮包，不知道是不是相機。

「那就出發了，全速前進。」

「不可以全速，安全第一。」

「安全駕駛，保持航向。」

「保持航向。」

夏帆踩下了油門。

車上放著無聊的廣播節目，我們聊著比廣播更無聊的話題，或是毫無意義地陷入沉默，悠閒地在普通道路上行駛了兩個小時。

夏帆穿越兩旁都是農田的鄉間道路後，把車子停在道路盡頭鋪了碎石子的停車場。周圍被低矮的山脈包圍，是一個風景秀麗的地方。

停車場附近有一棟小屋，豎著看板。原來這裡是成為觀光景點的知名花田，我也曾經聽過這裡的名字。

我跟著夏帆走去小屋，辦完入園手續後走進了農園。這裡在不同的季節可以欣賞到各種花卉，目前這個季節，放眼望去，是一大片鮮豔的黃色——向日葵。

「哇，太猛了。」

看著眼前美麗的花田，我只能說出這種毫無情調的感想，夏帆笑了起來。

「朱音，妳和以前一樣詞窮。」

「如果我現在說出很文學的感想，妳反而會嚇到。」

「那倒是。」

廣大的農園內種了很多向日葵，不同區域的開花季節略有不同。雖然有些已經過了最佳觀賞期，也有些即將綻放，但都長得很高，可以感受到頑強的生命力。

我們漫步在區隔不同區域的小路上，走了很久，周圍仍然是向日葵花田，彷彿全世界就只有這種花。在藍天綠山的襯托下，向日葵鮮豔的黃色宛如幸福的象徵。

「就在這裡吧。」

夏帆在四周都是花海的農園正中央拿下了肩上的皮包，裡面果然是裝了大砲鏡頭的相機，和她高中時使用的數位相機不同，一看就知道很昂貴。那是專業攝影師專用的道具。

「夏帆，妳來這裡有什麼目的？」

「當然是來拍照啊。」

「約我一起來拍照？」

「因為我拍向日葵時，妳是我的最佳助理。」

夏帆說完這句分不清是真心還是玩笑的話，把相機帶掛在脖子上，把鏡頭對著一朵向日葵，調整之後，按下了快門。她可能在試拍，隨手拍了幾張周圍的花之後，獨自走進了向日葵花田。

順著太陽穴流下的汗水滴到了地上。她說我是助理，但並沒有叫我，而是淡淡地不停按下快門。

不知道是因為今天是非假日，還是正值光站在那裡不動，就快要昏倒的日正當中時間，農園內沒什麼遊客，幾乎被我們包場，只有很遠的地方有幾個人影。我在這個安靜的地方，在陽傘保護下的一小片陰影中，注視著夏帆。

「朱音，妳什麼都不問。」

過了一會兒，夏帆看著相機的取景器說。

「問什麼？」

「問我在東京發生了什麼事。」

咔嚓一聲。夏帆放下相機，轉頭看著我。

「妳希望我問嗎？」

「並沒有，我都無所謂。」

「那我就要問了。」

「原來妳還是要問。」

「妳為什麼約我？」

「妳是要問這個問題？」

夏帆挑起單側眉毛笑了起來。我把手帕放在額頭上，稍微改變了陽傘的角度。

「我的確曾經想過，妳回到這裡之後，為什麼約我見面，還有妳今天為什麼會約我來這裡。」

夏帆有很多朋友，我不知道她和其中的幾個人保持聯絡，但如果想和老同學見面，除了我以外，應該還有其他人選。更何況她和我之間也已經有五年多沒有聯絡了，只是我很好奇，她為什麼只和我見面。

在我心目中，夏帆是很特別的朋友，但是我並不認為夏帆也認為我是她特別的朋友。因為我很清楚，自己只是她眾多朋友之一而已。

所以我很納悶，夏帆為什麼想到我，而且又再次約我見面。不，夏帆雖然有很多朋友，但她並不需要朋友，想要和我成為好朋友這件事本身就很奇怪。

太不可思議了。為什麼我們直到今天，仍然能夠一直當朋友？

「朱音，我不知道妳怎麼看我，但妳在我眼中，是很特別的朋友。」
夏帆說完，再度對著周圍舉起了相機。只聽到響起咔嚓、咔嚓的聲音。
「不瞞妳說，我一直很羨慕妳。」
「羨慕我？」我忍不住驚叫起來，夏帆背對著我，抖動著肩膀，發出了呵呵的笑聲。
「妳很驚訝嗎？」
「也不是驚訝，而是我身上有什麼可以讓妳羨慕的要素？是珠算二級嗎？」
「不，我並不知道妳有珠算二級，但妳是我所有認識的人之中最普通的人，如果用線條來形容，妳就是超直、超平坦的線，無論上下都完全沒有超出範圍，妳能夠超自然地融入群體之中生活。」
「呃，妳是想找我吵架？」
「才不是呢！」
咔嚓。夏帆又拍下一張她眼中世界的瞬間。
我隨手收起了雨傘，烈日直接灼燒著皮膚。看向小路的前方，熱氣導致小路表面微微晃動。和我第一次認識夏帆的那天一樣，那一天也很熱，景色也像幻影般晃動。

「我以前一直以為與眾不同很有個性，也很瀟灑，覺得那些成群結夥，和其他人做相同事的人很俗氣，但是認識妳之後，我發現自己的想法並不完全正確。」

夏帆把相機對著我，我們隔著鏡頭看著對方。

「其實想要與眾不同，想要活出自己的個性，就是在隨時和他人進行比較。雖然我以為自己隨心所欲，但其實一直在內心深處和別人進行比較，不想成為普通人，覺得和別人一樣就沒有意義，簡直變得有點強迫症了。」

夏帆看著鏡頭繼續說道：

「但是，妳和我完全相反。妳向來不認為當個普通人有什麼不好，也沒有自認為與眾不同的錯覺。妳融入了群體，但同時確立了自我。老實說，在瞭解妳之前，妳在我眼中和其他人沒什麼兩樣，但是我發現從某種意義上來說，原本自己認為絕對不想成為的那種女生，其實比我更擁有明確的自我，這件事對我造成了很大的衝擊。」

夏帆沒有按下快門，透過相機看著我。我感受著頭頂被烈日烤焦的感覺，眨了眨眼睛，看著夏帆。

「因為我瞭解，不會因為和別人一樣就變得無聊，和別人不一樣也沒有不可以，也無法斷定怎樣瀟灑，怎樣又不瀟灑。每個人只要在自己感到自在的地方，過著適合自己的生活方式就好。」

夏帆放下了相機，我們四目相對。夏帆笑了起來，我用手背擦了擦積在鼻尖的汗水。

「妳這是在稱讚嗎？」

「我說的這些都是稱讚。」

「好吧，那我就收下了。」

汗水滴落在我低頭看到的地面上，吐出的氣很灼熱，那是因為體溫上升的關係，絕對不是因為我很想哭。

雖然我一直認為夏帆是我特別的朋友，我很嚮往她的一切，但到頭來只是把自己心目中的理想形象強加在她身上，也許我根本沒有看到她的本質，只是自以為是地認定夏帆就是這種人，把她套進某種框架。

夏帆並不是我想像中的英雄，她和我一樣，是會為無聊的問題傷腦筋的普通女生。

但是，我們還是不一樣。我們雖然完全不一樣，但是在承認這一點的基礎上，我們可以成為平等的朋友。我相信我們之後也能夠相互戳著彼此的肩膀，一起笑得很開心。正因為我們完全不一樣，所以才會像傻瓜一樣羨慕對方，相互尊敬，保持適當的距離。我第一次知道夏帆內心的真實想法，還是覺得自己很喜歡她，雖然我也意識到自己很善變。

「夏帆。」

「嗯？」

「對不起。」

「咦？什麼意思？妳有做什麼對不起我的事嗎？雖然我也不太清楚，但那不重要。」

夏帆很乾脆地說，我揉了揉眼睛，再次打開了陽傘。陽傘遮住了陽光，我站的地方形成一片陰影。

「但是當個普通人也不輕鬆。」

「我想也是，我做不來，所以很尊敬妳。」

「妳真的是想找我吵架，對吧？」

「才沒有，因為我認真想了一下，我絕對不想去找工作，也不想結婚，我不適合生兒育女的生活，而且我也想繼續當攝影師。」

「啊？」我輕輕嘀咕了一聲。夏帆拿下帽子，抓了抓頭髮，揚起鼻子，好像在聞太陽的味道。

「我決定當自由攝影師。今天約妳出來，是想告訴妳這件事。以後我不拍人物，而是要拍大自然的風景。」

「原來、是這樣啊。」

「妳很驚訝？」

「我很驚訝。」

但是我完全能夠理解。雖然對我來說，無論夏帆做什麼都沒差，但我覺得對她來說，這才是她想要成為的自己。

「所以我又會離開老家，不但會離開老家，八成還會離開日本。」

「這樣啊。嗯，但是很好啊，很像是妳的作風。」

「我也這麼覺得，雖然不知道能不能順利。」

「妳一定可以。」

我笑了起來，夏帆也露出同樣的表情，重新戴上了帽子。

我覺得她無論去哪裡，無論做什麼都會成功。我會看著她走在這條路上——我無法走的這條路上的背影，隨時為她加油。夏帆感到有點疲累的時候就會回頭，我會在這裡做好準備，下次當她感到沮喪時，我就會摟住她的肩膀。

「朱音，那妳呢？」

「嗯？」

「有沒有什麼事要告訴我？」

聽了夏帆的問題，我想了一下後說：

「其實不久之前，認識了一個感覺還不錯的人。」

「是喔。」

「他的外表不錯，而且也在大公司上班，應該是所謂的績優股。我們應該會很快交往，既然到了這個年紀，當然會意識到結婚的問題，所以包括這個問題在內，我都認為他很不錯。」

「喔喔。」

「但是，我決定放棄。」

「啊？」

夏帆瞪大了眼睛。我轉了一下陽傘說：

「雖然我覺得和他交往還不錯，但認真想了一下之後，覺得對他完全沒有心動的感覺。」

夏帆聽了我說的話，不知道覺得哪裡好笑，竟然發出了「噗哈哈」的粗魯笑聲，連遠處的遊客都轉頭看了過來。

「我覺得很好啊，這很重要。」

夏帆抱著肚子說。

「嗯，雖然對阿修有點不好意思，但我希望他可以去找更好的女人。」

「我覺得應該很容易找到。」

「妳很煩欸。」

「朱音，妳雖然很害怕偏離平凡，但偶爾會主動走向奇怪的方向。」

「什麼叫偶爾？我之前做過什麼嗎？」

「和我當朋友啊。」

「那倒是。」我不得不表示同意，夏帆又豪爽地笑了起來。

我們就像變成朋友那天一樣，在正午的向日葵花田中拍向日葵。

「朱音，妳用妳的陽傘幫我在這裡遮出一點陰影。」

夏帆用一副理所當然的態度指使我，我很受不了，但還是按照她的指示舉起陽傘。咔嚓。夏帆按下了快門。

第四章

送一束花給一朵花

「謝謝您這四年半的照顧。」

我向部長深深鞠了一躬，然後也向之前照顧我的前輩、不怎麼喜歡的、同期進公司的同事，還有幾乎沒什麼聊過天的後輩打了招呼。

「嗯，仁志，辛苦了，謝謝你也順利完成了交接工作。下週你不來上班之後，大家都會很寂寞。」

「啊哈哈。」

部長說這句話應該發自內心，但是等到下週，就會有人填補我的空缺，大家根本會忘記有我這個人。我比任何人都清楚自己有幾兩重。

「對了，仁志，你辭職之後有沒有什麼打算？」

我正在數花束有幾朵花，部長問我。

「目前還沒有具體的打算，想做一些之前因為工作太忙，沒辦法做的事。」

「這樣啊，趁年紀還輕，這樣的時間也很重要。總之，好好加油。」

部長拍了拍我的背。

「是。」我回答後，再次向所有人鞠了一躬。大學畢業後進了這家公司，默默地工作了四年半，然後就這樣揮揮手離職了，沒有帶走一片雲彩。

說句心裡話，我也搞不太清楚自己辭職的理由。我在這家公司的待遇並不差，也沒有遭到職場霸凌，只是一直有辭職的念頭，等我回過神時，發現自己真的辭職了。

雖然我對部長說，要做「以前沒辦法做的事」，但只是隨口說說而已，並沒有特別想做的事。我當然打算找下一個工作，只不過因為我住在老家，沒有什麼興趣愛好，所以也沒地方用錢，銀行帳戶裡有一筆錢，並不需要急著找工作。我出社會之後，就一直認真上班，既然機會難得，就趁這個機會放鬆一下。

我帶著這種想法在家混吃混喝，轉眼之間，一個月就過去了。

「朔太郎，你打算混到什麼時候？」

我正在客廳玩手機遊戲，光線突然被遮住了，抬頭一看，發現媽媽張開雙腿站在我面前。看到她的可怕表情，嚇得我把手機掉到地上，客廳內頓時響起遊戲闖關失敗時的背景音樂。

「呃，幹嘛突然說這些？妳怎麼了？」

「什麼叫我怎麼了？我在問你，你打算這樣整天不上班混日子到什麼時候？」

「妳問我什麼時候，我也不知道啊。」

「你辭職到現在，有去面試過任何工作嗎？」

被我媽這麼一問，我就像壞掉的玩偶一樣，動作生硬地搖著頭。

「沒有。」

「是喔，如果你不想被趕出家門，就馬上給我去找工作！」

媽媽伸手指向門口。我小聲嘟囔了一句「但是……」，媽媽立刻壓低了兩個八度音說：

「趕快去！」

「唉，我對所有的工作都不感興趣。」

我坐在公園的長椅上，一手拿著便利商店的咖啡，一手拿著手機看徵人網站。雖然有不少地方在招募正職員工，但我對所有的工作都不感興趣，根本不想去應徵。問題是我沒有任何證照，沒有能力，也沒有什麼傲人的學歷和資歷，所以我很清楚自己沒有資格挑肥揀瘦，只要有工作，讓我有薪水可以領，我就應該心存感激了。

即使如此，我仍然感到意興闌珊，但我只要去應徵一個工作，應該就可以給我媽一個交代，她就會暫時讓我繼續住在家裡，反正不可能有哪家公司馬上錄用我，我就隨便找一家公司應徵一下，只要能交差就好。

我打定主意，在網站上瀏覽，手機螢幕上出現了來電顯示。是我哥哥打來的，我立刻按下了通話鍵。

「喂？」

『啊，是朔嗎？是我。』

「嗯，怎麼了嗎？」

我和哥哥經常聯絡，但他很少打電話給我，我納悶他有什麼事找我。

『你還整天在家裡閒晃嗎？』

哥哥沒有打招呼，就劈頭問了這句話。我覺得太傷人了，但並不會放在心上，我認為我在這方面沒有太強的自尊心是我的優點。

「還是整天在家啊，剛才媽媽還罵了我一頓。」

『既然這樣，那你應該有時間吧？』

「是啊。」

『如果你願意的話，要不要來幫忙我一個星期？』

哥哥顯得有點難以啟齒，然後又說會給我優渥的打工費。

「嗯，沒問題啊。」

『喔？是嗎？』

「如果幫忙你，即使不去找工作，媽也不會再對我生氣了。」

哥哥在本地經營了一家名叫「仁志跑腿本舖」的小公司，也就是所謂的便利屋，公司的宣傳口號是，除了犯罪以外，任何事都可以代勞，從遛狗到代購，從殺蟲到驅鬼，仲裁夫妻吵架，承接所有客人需要代勞的工作。

之前我曾經在假日時幫過幾次忙，最重要的是，我現在整天閒著沒事做。既然哥哥願意付錢給我，我當然沒有理由拒絕。

「你要我幫忙一個星期，該不會是公司人手不足？」

『也不是說人手不足，只是接到一個特殊的案子，正在找能夠負責這個案子的人。』

「特殊？」

『嗯，老實說，並不是非接不可的工作，所以如果你不行的話，我就打算拒絕。』

哥哥說話果然吞吞吐吐。我注視著公園內空無一人的滑梯，歪著頭問：

「是什麼內容？」

『這個嘛……』

都已經這把年紀了，說這種話有點那個，但比我大七歲的哥哥向來很照顧我。在已經是大叔的哥哥眼中，我這個即將成為大叔的弟弟很可愛，所以不可能叫我去做危險的工作。

既然這樣，到底是什麼原因讓哥哥難以啟齒？

『不瞞你說……』

◆◆◆

我帶著行李，在委託人指定的日期和時間，來到了約定的地點。

星期一上午十點。我提早了五分鐘，在約定地點「棲息咖啡館」前下了計程車。雖然並沒有要出遠門，但我就像要出國旅行一樣，拖了一個大行李箱。

委託人是名叫土谷花子的女性。這個名字感覺很老派，但我也沒有資格說別人。對方今年二十四歲，因為事先得知了對方今天的服裝特徵，所以一走進店內，就在從入口不容易看到的最深處的桌子旁，看到了身穿米色襯衫和牛仔褲的女人，於是戰戰兢兢地走向那個女人的座位。

「妳好，我是仁志跑腿本舖的人，請問是土谷小姐嗎？」我問那個女人。

「是。」女人小聲回答。「喔，呃，妳好。」我的反應簡直就是典型的溝通障礙者，然後用一臉諂媚的表情鞠了一躬，在女人對面坐了下來。

土谷小姐個子嬌小苗條，一頭漂亮的齊肩黑色頭髮，資料上所寫的二十四歲女性這件事似乎並沒有說謊。原本還擔心如果是完全不同的人出現該怎麼辦，現在稍微放了心，但之所以還無法完全放心，是因為她戴著口罩和眼鏡，幾乎遮住了整張臉。

店員走到餐桌旁，我點了綜合咖啡。土谷小姐也點了和我一樣的咖啡。

店員阿姨親切的態度療癒了我，但我仍然很緊張地遞上了哥哥臨時為我做的名片。

「我叫仁志朔太郎，請多指教。」

土谷小姐接過名片問：

「仁志？你該不會是老闆？」

「啊，不是，我是老闆的弟弟。」

「是喔……」

土谷小姐目不轉睛地打量著名片。我隔著眼鏡，觀察著她的眼睛。她並沒有化很濃的妝，但眼睛很大，雙眼皮很深，睫毛也很長。仔細觀察後，發現她的眼睛形狀很漂亮，簡直就像是畫出來的。

土谷小姐突然抬起了雙眼。我嚇得肩膀抖了一下，慌忙把手伸進皮包，把哥哥交給我的檔案拿了出來。

「呃，土谷小姐，我可以再次向妳確認本次的委託內容嗎？」

哥哥的公司至今仍然用紙本的方式和客戶交涉，我把資料放在桌上，把印刷的內容讀了出來。

「希望一起生活七天。」

委託內容的欄目中寫了這行字。哥哥也明確這麼告訴我。

「這就是妳本次的委託內容，對不對？」

土谷小姐點了點頭。

「沒錯，就是在一起過普通的生活。我們之間的關係，嗯，就像是住在一起的朋友。」

「啊，好，呃，我瞭解了。從今天上午十點開始，到下週一上午十點為止，整整七天的時間，對不對？」

「拜託了。」

土谷小姐鞠躬說道，我也在打量四周的同時，向她鞠了一躬。

土谷小姐的委託內容，以及我的工作內容，就是和她一起生活一個星期。

當哥哥的公司接到委託時，因為土谷小姐是年輕女性，所以哥哥原本也打算安排一位女性員工，但是因為這項工作需要持續一個星期，而且土谷小姐又明確指定了這段日期，公司的女性員工已經安排了其他工作，所以沒有人能夠接這個案子。於是，哥哥一度拒絕了這個委託，結果土谷小姐回覆「即使不是女性工作人員也沒有關係，任何人都可以」，最後哥哥就找上了我，然後我就出現在這裡。

新進人員薪資、沒有夜間加成。即使如此，土谷小姐仍然為了這七天，一口氣支付了超過四十萬的委託費用。

哥哥說，會支付這筆生意的營業額七成作為我的薪水。我認為這項工作很超值，於是就接了下來。

但是現在開始有點後悔。

說到底，我還是有點害怕，因為接下來的七天時間，我要和一個素不相識的人，假裝是朋友一起生活七天時間，而且對方是想要和陌生人住在同一個屋簷下的怪人。

「啊，呃，快十點了。」

既然我已經接下了工作，就打算完成。土谷小姐看起來很文靜，而且也很苗條，如果發生什麼狀況，我的力氣應該比她大，而且哥哥對我說「一旦察覺有危險，就先逃再說，反正已經和她談好，隨時可以把錢退還給她」。啊，對了，哥哥還叮嚀我「絕對不要打委託人的主意」。

「對，時間快到了。」

土谷小姐看著自己的手機螢幕。螢幕上的時鐘從九點五十九分變成了十點。

土谷小姐緩緩閉上眼睛，然後又睜開雙眼，好像在重新設定。

「好，從現在開始，我們就是朋友，我會叫你阿朔。」

「啊？」

她說話的語氣和整個散發的感覺和前一刻完全不一樣，我忍不住發出了驚叫聲。土谷小姐把我的名片收進皮包，然後把桌上的資料推到我面前，似乎示意我趕快收起來。

「呃，那個、請問我、該怎麼……我要怎麼叫妳？」

「隨便你怎麼叫。」

「那、喔，呃，說話時就、用這種方式。」

即使我想用輕鬆的語氣說話，但還是差一點對她說敬語。既然設定我們之間的關係是朋友，叫她「土谷小姐」有點奇怪，是不是該叫她的名字？但叫她「花花」的難度有點太高了。

「我可以叫妳花子嗎？」

雖然校園靈異故事的主角也叫花子，聽起來有點詭異，但既然是她的名字，那也無可奈何。

「啊，好啊。阿朔，接下來的一個星期就請多指教了。」

花子向我伸出右手，我誠惶誠恐地握住了她的手。看到她被口罩遮住的嘴巴露出笑容，我覺得似乎太性急了。

剛才點的咖啡送了上來。

我加了大量砂糖和牛奶後攪拌著，花子什麼都沒加，似乎打算喝黑咖啡。她拿起杯子，東張西望著。我也好奇地跟著左顧右盼，旁邊那張桌子沒有客人，只有遠處有兩桌看起來像是老主顧的客人。一名年輕男店員和另一名店員阿姨在吧檯內，沒有人對我們產生興趣。

花子收回視線後，拿下了口罩。第一次看到她的長相，我忍不住目瞪口呆。

「咦？」

我今天第一次見到花子，但是我認識她。

漂亮的雙眼皮大眼睛，形狀好看的鼻子，微微露出小虎牙的嘴唇，晶瑩剔透的白皙皮膚和完美的輪廓，無論從哪一個角度看，都會忍不住多看好幾眼的秀麗長相，和當紅女演員來島小華一模一樣。

「來、來……」

我對藝人並不熟，但不可能不知道來島小華。她是人見人愛，眾所公認的美女，從十幾歲開始，在舞台上磨練的演技和膽識，讓她成為持續受人喜愛的年輕女明星。最近由她擔任主角，還有多位大牌演員參與的電影也創下了票房佳績，我當然也去電影院看了那部電影，電影中家人之間的愛深深感動了我，我忍不住放聲大哭。

高不可攀的人。對我來說，她根本是只可遠觀、遙不可及的高嶺之花，不，是高嶺之星。即使手伸得再長，也不可能觸碰到，更不是靠努力能夠到達的世界。她根本不可能把我這種人放在眼裡，而且我一直認定她是只會出現在銀幕上，永遠都不可能親眼看到的對象。

「那、那個……請問有沒有人說妳很像女明星來島小華？」

我覺得根本就像在和來島小華說話。經常聽到有人說，自己像某個藝人，但從來沒有看過長得這麼像的人。花子這麼漂亮，她完全可以進演藝圈。

「沒有人這麼說。」

「啊？但是妳長得超像她。」

「沒有人說我長得像她，因為我就是本人。」

花子喝了一口咖啡，時間靜止了幾秒鐘。

「本、啊？本？」

我鬼鬼祟祟地打量周圍，向桌子探出身體問：

「妳是、來島、小華？」

我小聲地問，花子很乾脆地回答說：「嗯。」

「但、但是，所以土谷花子是假名嗎？」

「剛好相反，這才是我的本名，來島小華是藝名。」

「所、所以，妳是本尊？」

「我剛才不是已經說了嗎？」

即使她這麼回答，我仍然無法相信。來島小華本尊？那個全國超受歡迎的女明星，現在坐在我面前和我說話，喝相同的咖啡，然後我們要一起生活一個星期？我在作夢嗎？我轉世成為輕小說的男主角了嗎？我覺得自己花光了運氣，比中了七億樂透還不可思議。

「啊，對了對了。」

花子喝著咖啡說道。

「在這段期間，你和我相處時，要把我視為普通人的花子，否則就違反了合約。另外，合約中也規定，禁止對外透露涉及委託者隱私的事項和委託期間的事，我想你應該已經知道了。」

她那雙形狀漂亮的眼睛看著我，我忍不住心跳加速。不是因為怦然心動，而是有點害怕。

「是、是，那當然。」

這意味著不能讓任何人知道，來島小華在做這種事。即使不需要她提醒，我也無意向別人透露這件事，但這卻讓我有一種好像在做什麼離經叛道的事的感覺。

在得知花子就是來島小華的瞬間，我的確很興奮，但是仔細想一想，就覺得這不是什麼「開心事」。原本這個委託就很不同尋常，現在變得更加詭異了。真的沒問題嗎？不知道會發生什麼狀況？我真的能夠和她順利度過接下來的這一個星期嗎？

「那就趕快去我們家吧。」

花子重新戴上口罩後站了起來，我慌忙喝完剩下的咖啡，跟在她身後。

花子結完帳後走出咖啡館，熟門熟路地走向某個地方。我嘎啦嘎啦地拖著行李箱，跟在姿勢挺拔的花子身後。

從海邊往山的方向延伸的路上，沿著山腳緩緩上坡，就可以來到棲息咖啡館。這家咖啡館很漂亮，但附近是一片不起眼的老舊住宅區。花子走了五分鐘左右，在一棟獨棟的房子前停下了腳步。那是一棟屋齡看起來有好幾十年的平房，雖然沒有荒廢，但似乎沒有人住，石牆上的門牌寫著「藤田」的名字。

「這就是我和你接下來一星期要住的房子。」

花子打開生鏽的門，走進了院子。

「這、這裡嗎？」

「對，雖然沒有電和瓦斯，但已經可以供水了，所以不能在家裡泡澡，要去附近的澡堂。」

「請問這棟房子是？」

「不必擔心，我並不是擅闖民宅，這裡是我的外婆家，目前沒有人住。」

「外婆？」

「對，我小時候經常來玩，所以對我來說是熟悉的地方，雖然對周圍的環境稱不上很熟，但也略知一二。」

花子從肩背包裡拿出鑰匙，插進了拉門的鑰匙孔。門鎖發出咔答的聲音，順利打開了。

「這樣啊，所以是充滿妳和外婆回憶的地方。」

打開門後，立刻看到了昏暗的走廊。玄關完全沒有鞋子，也沒有看到任何東西。

「我要聲明，我外婆並沒有死，她腰腿不方便，所以住進了養老院，但還活得好好的。」

「啊，是這樣啊。」

「趕快進來。」

「打擾了。」我打了一聲招呼後進了屋。穿越玄關，左右兩側都有房間，右側是衛浴，左側是客房，後方是廚房和客廳。

花子叫我把行李放在客房，於是我走進客房，一邊打著噴嚏，一邊打開行李箱時，花子打開了房間的遮雨窗。落地窗外有一個小院子，院子裡有用紅磚砌起的花圃，以前那裡可能種了花。

「妳的行李呢？」

「已經放在隔壁房間了。這裡就是你的房間，我住隔壁房間。」

「好，我知道了。」

我從行李箱內拿出衣服和日用品，花子就像棒球隊的領隊一樣，抱著雙臂看著我。我彎著背，藏起內褲，抬頭瞥了花子一眼。

「妳不需要這樣監視我，我不會造次。」

「我並不是在監視你。」

「那是在幹嘛？」

「你覺得接下來要做什麼？」

「啊？我才想問妳這個問題。」

「不要問我啦。我問你，如果接下來要在這裡生活，通常會做什麼事？」

花子蹲了下來，看著我的眼睛。她拿下了口罩，我可以清楚看到她眉清目秀的臉龐。我好像喝醉了酒，眼神飄忽不定，然後隨口回答說：

「嗯，雖然覺得買食物很重要，但只要叫外送就可以搞定……如果是我，應該會先打掃房間。」

「打掃嗎？」

「對，只要稍微打掃一下就好。」

也許是因為沒有人住的關係，房子內灰塵瀰漫。雖然有人定期來整理，但和隨時保持通風的房子不同，這裡有一種空氣不流通的感覺。

「嗯，你說得有道理，難怪我來這裡之後，鼻子一直癢癢的。」

「這裡有抹布嗎？」

「沒有，所以我們要去買，順便買其他需要的東西。」

花子拿出手機查了起來。

「附近有一家大型居家用品賣場，我們去那裡買。」

「妳也要一起去嗎？」

「當然啊，我一個人留在家裡也沒事，而且你一個人去買不是很孤單嗎？」

「喔，不會啦，倒是不會孤單。」

雖然有點擔心，但我還是和花子一起去了附近的居家用品賣場。那是一家賣場很大，停車場也很大的大型店面，雖然是非假日的上午，但停車場內有不少車子。

花子在門口推了巨大的購物車，走進店內。我鬼鬼祟祟地跟在落落大方的花子後方，如果被警衛看到，可能會以為我是小偷。

花子雖然戴著眼鏡，但並沒有戴口罩，只要仔細一看，馬上就會認出她是來島小華。如果被人發現，會不會引起騷動？我一直提心吊膽，但沒想到沒有任何人向她打招呼，也沒有人在遠處指指點點，我們很平靜地在店裡逛來逛去。

「竟然沒有人發現妳。」

我悄悄對不停地把清潔用品放進推車的花子說。有一個客人經過我們身旁，但也沒有察覺到有女明星在這裡。

「是啊，如果在東京，就沒辦法這麼自在了。」

「是啊，沒有人會想到，來島小華會在這種鄉下地方買東西。」

「這裡的人應該並不在意其他客人長什麼樣子，對我來說是件好事。」花子說。

之後，我們盡情地逛了家庭用品中心，買了必要的東西。除了不需要使用電源的傳統清潔工具以外，還買了卡式瓦斯爐、紙杯、紙盤和衛生紙之類的東西。

我們抱了一大堆東西，氣喘吁吁地回到了家裡。花子一回到家，就換上了T恤和運動褲的居家服，動手打掃起來。我們各自打掃自己的房間，然後再一起打掃其他空間。我這個人雖然缺乏行動力，但一旦開始做事就很專心，結果太投入打掃，花子來察看時，驚訝地問我：「你是專門做清潔的嗎？」

打掃到一半時，有人送貨上門，原來是花子事先訂購的商品。因為紙箱太大了，我很好奇裡面是什麼東西，結果發現是兩床被子。我聽從花子的指示，打開了箱子，把兩床被子摺好後，分別放在各自的房間。我這才小有感慨地想到，原來她真心打算住在這裡。

我們點了外送的餐點，吃完午餐後休息了一下。打掃了三個小時，我們的家終於變乾淨了。地上的灰塵不見了，窗戶也變得明亮起來，新鮮的空氣從敞開的窗戶吹了進來，終於可以神清氣爽地在這裡住一個星期了。

「阿朔，辛苦了。」

我在客廳沉浸在整理完房間的成就感中，花子走了進來。她向我伸出右手，我也伸出了右手，她把一顆糖果放在我手上。花子嘴裡可能也含了一顆糖，單側臉頰鼓了起來。

「謝謝，妳帶糖果來這裡嗎？」

「不是，我在廚房的抽屜裡找到的。」

「呃，這不會過期嗎？」

「不知道，看起來沒有發霉，應該沒問題。」

「啊……」

「你不想吃就不要吃啊。」

花子說完，轉身背對著我。我戰戰兢兢地打開糖果，嗅聞味道後放進嘴裡，是甜甜的桃子味。

目前是下午三點多，這棟房子內沒有電視，也沒有遊戲機或電腦，更沒有漫畫。雖然有手機，但因為沒辦法使用家裡的電源，只能用太陽能充電器，所以不太保險，我不敢輕易使用。

「接下來要幹什麼？」

我問，花子想了一下後回答：

「家裡還是需要準備一點食物。」

「但是冰箱不能用。」

「反正可以燒開水，而且我也想買一些零食。」

「有道理。」

「好，那我們去超市。」

花子說她知道附近有一家超市，於是我拿出帶來的環保包，和穿著居家服的花子一起出發去買食物。

「阿朔，你會下廚嗎？」

走在路上時，花子問我，我搖了搖頭回答說：

「不，完全不會。我一直住在家裡，從小到大都是我媽煮給我吃。」

「不行喔，現在已經是男人也必須會做菜的時代。」

「所以妳會下廚？」

「完全不會。」

花子很乾脆地回答，我忍不住瞪著她，她調皮地噘著下唇，輕快地蹦跳著逃走了。說句心裡話，她的動作太可愛了，我有點厚顏無恥地偷偷感受著這份幸福。

花子帶我來的這家超市是一家從來沒有聽過名字、私人經營的超市，我們買的泡麵、麵包和零食裝滿了購物籃，然後又買了保特瓶裝的綠茶、咖啡和柳橙汁。雖然營養很不均衡，但因為家裡沒有冰箱，也沒有冷凍庫，所以也沒辦法。可以隨時來買沙拉或是生魚片，或是叫外賣，撐一個星期應該沒問題。

回到家後，立刻吃了剛買回來的泡麵當晚餐，填飽肚子後，又去了澡堂。那個澡堂內的入浴設施很不錯，我有預感，接下來幾天的泡澡時間將成為每天的期待。只不過因為我們事先沒有約好幾點回家，所以我等了三十分鐘，花子才終於出來。我暗自下定決心，明天一定要說好結束的時間。

「這家澡堂很不錯。」

泡完澡後等太久，暖和的身體又覺得有點冷。時間已是傍晚六點多，我們走在回家的路上，太陽已經下山，夜幕漸漸降臨。

「回家之後要做什麼？」

「滾來滾去睡覺。」

「啊？這麼早就睡覺？」

「因為沒有電，只能睡覺啊。」

「也對。」

雖然有手電筒，但是在手電筒的微弱燈光下，也不能做什麼。剛好今天累了一天，躺進被子裡，應該很快就會睡著。

這麼一想，睡意就漸漸出現了。我打了一個大呵欠，剛好回到了家門口。周圍其他房子的窗戶都亮著燈，只有我們的家裡一片漆黑，完全沒有生活感。但是，我們今天要住在這裡。

「請問一下。」

我們正準備打開門，有人叫住了我們。回頭一看，一個大嬸從隔壁家的院子探出頭看著我們。

「那裡是藤田家，請問你們是藤田奶奶的家人嗎？還是新搬來的？」

那個大嬸滿臉懷疑地看著我們。我瞥了一眼身旁，花子不慌不忙，露出親切的笑容說：

「謝謝妳平時對外婆的照顧，我是藤田月子的孫女花子，雖然並沒有搬來這裡住，但這次會在這裡住一個星期，這段期間請多指教。」

花子鞠了一躬說道。

「啊喲。」那個大嬸聽了之後，用和剛才完全不一樣的開朗聲音說：「原來是花花啊！我記得妳啊！沒想到妳變得這麼漂亮，而且也長這麼大了。」

「我今年二十四歲了。」

「啊喲，我記得妳當時還是小學生，難怪我都老了。」

大嬸一下子放鬆了警戒，開始和花子聊起了往事，一下子打聽花子外婆的近況，一下子又胡亂猜測我們的關係，滔滔不絕聊了很久，然後突然說「啊呀，我忘了還要做晚餐」，慌忙走回家裡。我們也終於走進了屋子。只有戶外路燈微微照亮的昏暗家裡有點可怕。

「鄰居不知道妳就是來島小華。」

我用放在玄關的手電筒照亮了房間，當我走進自己的房間時，花子也跟了進來。

「因為我叫外婆不要告訴別人我進了演藝圈。」

「即使近距離觀察也沒有發現。」

「搞不好她根本不認識來島小華。」

花子打開了我房間的落地窗。

「怎麼可能？怎麼會有人不認識來島小華？」

「不，我並沒有你想的那麼有名，而且有些人覺得年輕演員都長得差不多。但話說回來，我也算是小有名氣，所以對日常生活造成了一點困擾。」

花子在窗邊坐了下來，看向空無一物的院子。也許她自己沒有意識到，但她的姿勢很挺拔，那是隨時都被別人注意的人特有的舉止。

「我並沒有公開自己的本名，因為經紀公司的方針，幾乎沒有公開私生活，或許很容易區隔土谷花子和來島小華，所以這次才有辦法做這種事。」

我在房間角落，看著花子挺直的後背。

「總之，現在的我只是普通人土谷花子，今天一整天下來，我終於知道，在這裡生活不會有任何不方便，你也要把我當成普通人花子。」

「好，我知道。」

花子為什麼要做這種事？

她既有才華，又有名氣，而且很多人都認識她，雖然年輕，卻已經名利雙收。明明工作很忙碌，但她在這裡以一個普通人的身分，在鄉下地方的民宅，和陌生人一起生活，而且並沒有做任何特別的事。

我相信她有理由，但是我知道自己不該去探究她的理由。這一個星期，我只要以花子朋友的身分，和她一起住在這裡，過正常的生活就好，這是我目前在這裡的所有理由。

我傳了電子郵件，向哥哥報告了一天的情況後，立刻躺進被子睡覺了。隔天四點半就醒了。正確地說，我並不是自己醒來，而是被花子叫醒的。

因為前一天就像七十五歲以上的後期高齡者那樣早早就上床睡覺，所以早起並不會感到痛苦，只不過吃完早餐的麵包後，她要求我陪她去晨跑就讓我有點吃不消了。我自從中學畢業之後就沒有運動過，生活很不健康的啃老族要開始晨跑這麼健康的事，我恐怕馬上會昏倒。雖然我極力表達這樣的主張，但花子完全聽不進去，於是我只好和她一起去跑步，但果然不到十分鐘，我就已經累癱了，轉眼之間，和花子之間拉開了一大段距離。

我無奈之下，只能改成散步，在附近慢慢繞圈子，結果和跑完五公里的花子同時回到家門口。我們一起去昨晚去過的澡堂洗澡，回到家後，兩個人都睡了回籠覺。睡醒之後，我就像昭和初期的人一樣，用大盆子洗衣服，花子把蔬菜種子撒在院子裡的花圃內。

「這就是昨天買的種子嗎？」

我賣力地洗著昨天的內褲，對著正在播種的花子後背問道。

「嗯，是菠菜。你敢吃菠菜嗎？」

「敢啊，但可以這麼快就長大嗎？」

花子看著裝種子的包裝袋說：

「上面寫著秋天種下去，冬天就可以收成。」

「那根本來不及啊，我們下週一就離開這裡了。」

「現在不可以說這種話。」

不知道花子播種的方法對不對，她在泥土中挖了一個洞，把種子倒下去，然後又蓋上泥土。我對家庭菜園完全沒有研究，但總覺得她的方法有問題。

「妳要自己負責照顧。」

花子聽到我這麼說，轉過來笑著點了點頭。我搓洗著快破洞的襪子，盤算著等一下要查一查菠菜的播種方法。

接下來幾天，我們也都碌碌無為地過日子，既不出遠門，也沒有做任何特別的事。只是去附近散步、買東西，或是做做家事，有時候什麼事都不做。

無論花子想做什麼，我都奉陪到底。除了有時候因為她太不瞭解社會的狀況，提出一些偏離常識的意見時，我會為她修正以外，其他時候都默默地聽從她的指示，淡淡地過日子。我完全不以為苦，甚至有點心生畏懼，覺得這麼輕鬆賺錢會遭到天譴。到目前為止，我並沒有遭到天譴，我和花子一起生活，除了花子需要我的時候以外，我幾乎都在自己房間內滾來滾去發懶、打呵欠。

舒服的秋風吹進房間內。

我曬完兩床被子後，仰躺在榻榻米上發呆。不知道花子在幹什麼？她剛才看到我在曬被子，就默默地把她的被子也拿了過來，之後就不見她的身影。八成在客廳或自己的房間，和我一樣在發呆。

我覺得閒著無聊，拿起了手機。原本想玩遊戲，突然心血來潮，在網路上搜尋了來島小華。看到了她新推出的電影將在下個月上映，是來島主演的新電影，是一部描寫女主角在家人全都遭到殺害後展開復仇的懸疑劇，很早就引起了廣泛的討論，影評人認為來島小華邁向了演藝事業的新境界。

「阿朔，你要吃洋芋片嗎？」

花子從走廊上探頭進來問我。

「好，我要吃。」

「你要吃薄鹽口味還是清湯口味？」

「我要清湯口味。」

花子聽到我的回答，把一袋清湯口味的洋芋片遞給我。花子隨意坐在榻榻米上，打開了薄鹽口味的洋芋片。啊，原來是一個人吃一整袋啊。我這麼想著，小心翼翼地打開了袋子，以免洋芋片不小心彈出來。

好悠閒的時間。

我在第一天就適應了和花子相處，只是每次想到她就是來島小華，就有一種奇怪的感覺。

目前在我眼前的花子，就是我剛才在手機上看到的那個人。帶著憤恨的眼神看著鏡頭的來島小華，和把三片洋芋片一起塞進嘴裡的花子完全不一樣，但果然是同一個人。

我和照理說這輩子完全不可能有交集的人在一起。

「花子，我想確認一件事。」

「嗯？」花子聽到我這麼說，舔著大拇指轉過頭。

「妳應該不是瞞著身邊的人，一個人來這裡吧？」

我認為花子一定是基於什麼原因來這裡，應該說，她不可能無緣無故來這裡。既然這樣，很可能是因為對工作產生了厭倦，拋開一切逃來這裡。即使是這樣，我也無能為力，我也不想做什麼，但是為了作好被各方人馬痛罵的心理準備，還是必須向她確認一下這件事。

「怎麼可能有這種事？」

花子用嚴厲的語氣說。她故意嘆了一口氣，似乎對我的問題感到生氣。

「我很久之前就已經調整了日程，騰出這一個星期的時間。家人和經紀人都知道我目前所做的事，也都知道我在這裡。雖然直到最後，他們都沒有表示贊成。」

「啊，對嘛。」

「阿朔，原來你覺得我是這樣的人？」

「我不是這個意思，對不起。」

我向花子道歉，她又重重嘆了一口氣，從我的袋子搶走了洋芋片。

「我絕對不會任性地讓工作開天窗，我最討厭這種不負責任的事。」

「妳很了不起。」

「當然啊，我投入這一行已經十年，知道如果自己鬧失蹤，會造成多少人的困擾。我不想成為連這種事都搞不清楚，無法對自己的行為負責的人。」

「是啊，如果來島小華突然失蹤，恐怕會天下大亂。」

聽說花子從十二歲的時候開始投入演藝活動，她在朋友的推薦下，進入了劇團，累積了舞台經驗後，十六歲開始演電影。她亮麗的外型和演技受到肯定，演藝之路越來越順遂。花子來到這個世界，就是為了活在鎂光燈下。

她是世界上獨一無二，任何人都無法取代的、特別的人。

「花子，妳好厲害，和我完全不一樣。」

我不知不覺地小聲說道。花子皺起了眉頭。

「哪裡不一樣？」

「像我這種人，隨時消失都無所謂。」

「隨時消失都無所謂？你嗎？」

「對啊。」

我並不是感到自卑，只是在陳述無法改變的事實。

「家人應該覺得我很重要，我也從來沒有想過要讓自己消失，但是對整個社會來說，有我或是沒有我都完全沒有影響。一旦少了我，隔天就會有人取代我，我是隨時都可以取代的量產品。」

無論我活著還是死了，都不會對世界造成任何影響。我知道自己只是這種程度的人，我並不會因此自怨自艾，也完全不打算努力向上。

只不過我曾經像小學生在幻想般思考過，如果我像花子一樣，天生就是擁有特殊才華的非凡人物，不知道會是怎樣的人生。雖然我也不知道那樣的人生是好是壞。

「的確，」花子說，「我知道有些事只有我能夠做到，我所做的事或許也無法輕易被人取代，但這並不代表我是一個特別的人。」

花子舔了舔沾到洋芋片碎屑的手指。

「我真的認為這個世界上的確有特別的人，但那是在幾百年後，在歷史上留名的偉大天才。無論在任何時代，最多只有一個具備絕世無雙才能的人，其他人都是隨時可以被取代的人。以我為例，當然有一些因為是我才會找上門的工作，但並不是如果沒有我，別人就無法勝任了，只是換成其他女演員來演而已，就這麼簡單。」

花子看著我。從她臉上的表情，無法解讀出她在想什麼。我無言以對，只能拚命吃洋芋片。

花子比我更快吃完洋芋片，最後直接把袋子裡的碎屑一口氣倒進嘴裡。我還是覺得花子是個特別的人，但是，她這個粗野的動作，的確看起來和我沒什麼不同。

◆◆◆

在第一次晨跑半途而廢之後，我就沒有再陪花子一起晨跑。她終於知道我的體力比她想像中更差，所以主動對我說：「你不必和我一起跑。」但是不知道為什麼，花子還是每天都在自己起床之後，就硬是把我也叫起來。老實說，我很想再多睡三小時，但花子每天早上四點半就把我叫醒。

「那我出門晨跑了。」

「路上小心，小心車子和變態。」

「好，你也要小心車子和變態，還有警察。」

「好，我會盡可能避免被警察攔下來盤問。」

雖然我不喜歡她這麼早就叫我起床，但既然已經起床了，那也只能認命了。每天目送她神清氣爽地出門後，我也跟著出門。雖然我無法跑五公里，但即使我是不重視健康的啃老族，也可以散步一公里。我呼吸著清晨清新的空氣，獨自悠閒地在附近走路。

無論我做什麼，終究只是一個啃老族，但是在一片寂靜的住宅區散步，卻有一種人生很充實的感覺，實在是太不可思議了。我認為早晨算是某種危險的時間，會讓人誤以為自己很優秀。

但是不必擔心，因為在回家的路上繞去便利商店，買一大堆麵包、泡麵和花子的零食時，就會想起「啊，我的生活很頹廢」這件事。

「今天又是麵包和泡麵嗎？」

看到周圍沒有人，我就肆無忌憚地自言自語。雖然我很愛吃麵包和泡麵，但每天都吃這種東西，就會很想念美味的料理。這幾天我終於體會到我媽每天做的菜有多麼珍貴。媽媽，謝謝妳。等我回家之後，要向她傳達內心的感謝。

「啊喲，早安。」

走到家門口時，剛好遇到了隔壁的大嬸出來拿報紙，我也向她鞠躬打了個招呼。

「對了，你叫？」

「啊，不好意思，忘了自我介紹，我叫仁志。」

「原來是仁志先生，你是花花的男朋友？還是她老公？」

鄰居大嬸似乎以為我們住在一起，所以是男女朋友。這也很正常。

但是為了花子，必須向她澄清。

「呃，都不是，我們之間不是這種關係。」

「啊喲，所以只是普通朋友。最近的年輕人，無論男女，都會這樣住在一起。現在的社會真是多元化，我不想成為死腦筋的阿姨，所以能夠理解。」

「啊，喔，正確地說，我們也不是朋友，算是陌生人嗎？不，不對不對，我們的設定是朋友關係。」

「啊？」

「但是，我不是什麼危險人物，所以請妳放心。花子的家人也都知道她和我住在這裡，嗯，真的不會有問題。」

我只是想表示，花子只知道我是「仁志跑腿本舖」的工作人員，並不瞭解我這個人的為人。但至少可以很有自信地說，對花子而言，我絕對是無害的人。

嗯，沒錯。

回來。

「是喔……」

鄰居大嬸露出懷疑的眼神看著我。我並不感到意外。

但是如果她對我起疑，會帶來很多麻煩。我正在思考該怎麼辦，花子剛好回來。

「喂，阿朔，我回來了。」

「花子，妳回來了。」

花子用毛巾擦著汗，也向鄰居大嬸打招呼。

「早安。」

「花花，早安，妳剛才去晨跑嗎？」

「對，早晨不活動一下，一整天都會不對勁。」

鄰居大嬸盯著花子看了半天，然後認為花子沒有任何不對勁的地方，而且活力很充沛，於是轉頭看著我，默默點了點頭。我也向她點了點頭。花子完全搞不清楚狀況，一臉驚訝地看著我們。

「對了對了，雖然是昨天剩下的，有點不好意思。昨天咖哩煮太多了，我放在冰箱裡，你們要不要吃？」

花子和我聽到鄰居大嬸的這句話，都同時露出了笑容。真是喜從天降，竟然可以吃到在廚房煮出來的料理。

「謝謝，阿朔，那我們中午來吃。」

「好啊，啊，但是微波爐不能用，沒辦法加熱。」

迅速湧起的興奮又一口氣退散。鄰居大嬸見狀，大聲笑了起來。

「中午的時候，我加熱後送過去，也會幫你們煮好白飯。」

我們向她道了謝，目送她走回家中後，回到了自己家裡。

去澡堂洗了澡，在家裡打發時間，鄰居大嬸真的帶著咖哩上門了，我們都笑得合不攏嘴，把咖哩吃得精光。

「別人做的食物特別好吃，對不對？」

我正在沖洗借來的餐具，花子在一旁向我確認。因為家裡沒有洗碗精，所以對鄰居大嬸有點不好意思，但至少勝過沒洗就還給她。

「是啊，雖然應該只是很普通的咖哩，但是覺得超好吃。」

「我打算開始學做菜。」

「很好啊，人生在世，學會做菜有益無害。」

「阿朔，你也要學，如果下次又有人委託你一起生活，如果偶爾下廚做菜給對方吃，對方一定超高興，還可以拿到小費。」

「不，很少有這種委託，但學會做菜的確是好主意。」回家之後，讓我媽教我做菜。我從來沒有幫忙做過家事，如果對我媽說「教我做菜」，我媽一定會先確認我有沒有發燒。

「回想起來，我媽、經紀人、姊姊還有朋友，很多人都曾經做飯給我吃，都超好吃。」

我關掉水龍頭。花子把乾布交給我。

「我真的得到很多人的關愛。」

花子深有感慨地說。

「是啊，我也一樣。」

「阿朔，感覺你必須仰賴很多人，才能活下去。」

「把自己的碗也交給我洗的人，沒資格說這種話。」

「那倒是。」

「知道就好。」我把乾布交還給花子，她噘著嘴，但還是不甘不願地擦起了餐具。

◆◆◆

和花子共度的一個星期，一眨眼的工夫，就平靜地過去了。

我們順利迎接了星期天。今天是實質上的最後一天，花子說想去一個地方，一大早就開始做出門的準備。

「我也要去嗎？」

「當然啊，你為什麼認為自己可以留在家裡？不是要照顧我嗎？阿朔，你不是我的護花使者嗎？」

「我可不記得自己什麼時候變成了護花使者。」

花子說，要稍微走點路，所以要求我穿方便活動的衣服。我穿了口袋工作褲和長袖T恤，雖然聽到花子小聲說：「好土」，但我假裝沒聽到，以免多事。

花子把頭髮盤了起來，戴上帽子，穿了薄質連帽衫和短褲。

她沒有告訴我要去哪裡，我們聽著她一路哼著奇怪的歌，走在秋高氣爽的天空下。

先去便利商店買了三明治和奶茶，中途轉入了散步道，然後沿著那條路一直往前走。沿途遇到了兩個遛狗的人，五個慢跑的人，一對捕捉昆蟲的父子，和三個騎著帥氣腳踏車的人。旅途上除了這些人以外，幾乎沒有遇到其他人。只有我聽到花子打了一個聲音好像老頭子一樣的噴嚏。

走了一個多小時，來到了周圍都是稻田的地方。除了農田以外，就只有民宅，沒有任何特別的東西。散步道旁是水渠，野生的大波斯菊在田間小路上綻放。雖然一片恬靜，但並沒有美得值得來觀光，周圍當然也沒有任何可以玩樂的地方。放眼望去，前方也都是這樣的景象。

花子到底要去哪裡？我腿有點痠了，內心有點厭煩。

「那裡！」

花子突然指向前方。抬頭一看，隔了水渠的散步道旁，有一片樹木茂密的地方。是一個小公園嗎？

「啊？那裡嗎？」

「嗯。」

「妳就是要去那裡？」

「我和你要去那裡，那裡是今天的目的地。」

走過去一看，果然是公園，但是沒有任何遊樂器材，只有一個像廣場的地方，還有一個小水池，和一個涼亭。因為沒有任何遊樂器材，所以沒有小孩子的身影，只有一個爺爺坐在涼亭內休息。

「這裡是妳充滿回憶的地方嗎？」

花子坐在面向散步道的長椅上，我也在她旁邊坐了下來。

「沒有啊，雖然曾經和外婆一起來散步過幾次，但並沒有特殊的感情。」

「那為什麼要來這裡？」

「因為我想創造和你之間的回憶。我們不是整天都在住家附近晃來晃去嗎？所以我想稍微出遠門，結果只想到這裡。」

「喔。」

坐在長椅上，只能看到完全沒有人的散步道，稻穗搖曳的農田，以及生命力旺盛的大波斯菊。雖然沒有任何好玩的事，但一方面因為走累了，所以覺得也不錯。

用濕紙巾擦手之後，吃了在便利商店買的三明治。在萬里無雲的晴天、秋天宜人的氣溫下，再加上剛才走了一個小時，在這種狀況下吃的三明治怎麼可能不好吃？我們在轉眼之間，就把原本以為買太多的三明治吃得精光。

吃飽之後，我們繼續坐在長椅上，茫然地打發時間。花子不時分享一些我聽不懂的高深知識，逼我說一些小時候的糗事，我們用這種方式打發週日正午的時間。

「花子，妳覺得現在快樂嗎？」

我覺得這樣的時間也不錯，所以認定花子也這麼認為。沒想到她聽了我的問題後，毫不猶豫地回答：「不，完全不覺得。」

「啊，這樣啊……」

「嗯，但這是創造回憶，所以沒問題，回憶會留下來。」

「創造回憶。」

「等到明天，我們不是就不會再見面了嗎？」

花子站了起來。

「阿朔，稍微偷摘幾朵那個，應該不會被人罵吧？」

花子指著田間道路的大波斯菊問。

「看起來不像是有人種的，只要不是連根拔起，應該沒問題。」

「我也這麼覺得。」

「妳要帶回去嗎？」

「嗯，帶一朵。」

她從化妝包裡拿出一把小剪刀，並沒有仔細挑選，剪下了最前面的一朵深色大波斯菊。

「你要哪一朵？」

她問我。雖然我並不想要，但最後還是決定帶一朵淺色的花回家。

用面紙沾了水渠中的水之後，包住了花莖的切口，然後我們帶著大波斯菊，又花了一個小時走回家。

「花子。」

回家的路上，我叫著花子。走在我三步前方的她頭也不回地問：「什麼事？」

「雖然我原本不打算問，但既然有這樣的機會，所以就問一下。」

「嗯。」

「妳為什麼想要用這種方式過一個星期？」

她不惜花大錢，委託跑腿業者，在這種毫不起眼的鄉下地方過平淡無奇的生活，我從一開始就很好奇其中的理由。雖然原本打算不問，但現在又很想知道。

「喔，嗯，是啊。」

花子斷斷續續地小聲嘀咕。

「啊，如果妳不想說也沒關係。」

「倒也不是這樣，而是並沒有值得一說的特別理由，你不覺得會這樣嗎？」

「啊，我之前辭職時也一樣。」

「是不是？有時候並沒有特別的理由，但就是覺得必須這麼做。」

我等待後方的自行車騎士經過，公路車引起的風吹動了我的大波斯菊。

「我還以為妳厭倦了當『來島小華』。」

花子仍然沒有回頭，也沒有停下腳步。

「沒這回事，我喜歡工作，也為這份工作感到自豪，我會一直當演員到死為止，也會繼續當『來島小華』。」

花子停頓了一下，又繼續說道。

「但是，為了能夠繼續成為『來島小華』，也需要有只是『土谷花子』的時間，希望不瞭解平時的我的人，能夠用全新的角度看看眼前的我，所以我和你一起生活了一個星期。」

隔著花子的肩膀，看到粉紅色的大波斯菊轉著圈。

這一個星期，花子就只是花子，只是名叫土谷花子的普通人，和我沒什麼兩樣。

認識她之前，我一直把她視為和我完全不同的人，但是我現在知道，名叫來島小華的女明星──花子只是一個有點懶散的任性普通女生。

「啊！」

來到家門口時，花子叫了起來。因為她看著道路前方，我也跟著看了過去，但什麼都沒有。

「好可怕，怎麼了？妳不要說妳看到了妖怪。」

「有人在拍照。」

「啊？」

「八成是狗仔，不知道是自由記者，還是哪家週刊雜誌的記者。」

「呃，這不是很不妙嗎？」

花子今天沒有戴口罩，對方一定清楚拍到了她的臉。

「到時候週刊會寫妳丟下工作，展開莫名其妙的度假生活。」

「週刊會寫我跑去外地和情人幽會。你也被拍到了，到時候你眼睛的部分會被黑線遮住。」

「什麼！」

我六神無主，不知道該怎麼辦，花子似乎並沒有很在意。「沒想到竟然追來這種地方，還真是積極啊。」

「喂，妳不去處理嗎？如果出現來島小華的熱戀報導，後果不是很嚴重嗎？」

「阿朔，你一點都不擔心自己出現在週刊雜誌上。」

「因為我只是普通民眾，不會有任何困擾，即使出現我和來島小華的合影，也完全不會有人發現那個人就是我。」

「我現在也是普通民眾啊，所以無所謂，其他的事等到這個星期結束之後再來思考。」

「啊？」

花子大步走進玄關，我關好大門，又鎖好玄關的門。雖然落地窗整天都敞開著，即使鎖好門也沒有太大的意思，但這是心情的問題。

「阿朔，我們把大波斯菊做成壓花。」

為了以防萬一，我從自己的房間向院子張望時，花子抱了幾本很厚的書進來。我們的大波斯菊在我的房間角落奄奄一息。

「丟在那裡會枯萎，做成壓花之後，就可以把彼此的花帶回去作為紀念。」

「紀念嗎？」

「對啊，我會護貝後做成書籤。這是紀念品。」花子說，「你以後也會在電視上看到我，所以應該不會忘記我，但我不會再看到你，如果只有我忘記你，不是很無情嗎？」

「那倒是。」

「只要有了這個，就不會忘記，應該啦。」

花子把積了灰塵的書放在榻榻米上。我覺得鼻子很癢，於是轉過臉，輕輕打了一個噴嚏。

「這些書哪來的？」

「家裡現成的書，壓花要夾在書裡一個星期，所以可以送你一本。雖然是外婆的書，但反正她不會再看了。」

「喔，謝謝。」

我拿起書堆最上面那本書，翻開中間那一頁，把面紙和大波斯菊夾了進去。

「啊，是米歇爾・恩德。」

把作為鎮石的書壓上去之前，看了一眼夾了大波斯菊那本書的封面。那是海外著名的兒童文學作品。

「你知道這本書？」

「小時候曾經看過，但完全忘了故事在寫什麼。」

「這樣啊。」

我在夾了花的那本書上方壓了三本書，然後一起放在我房間的角落。

一個星期後，壓花才會完成，到時候，我和花子就變成了陌生人。不僅是陌生人，花子再度成為我高不可攀的人，也許這輩子再也無法見到她，只能遠遠地欣賞她繼續活躍在演藝圈，我會從她的世界消失。我們又將回到這種一如往常的日子。

「花子，妳對我說，妳並不特別，即使如此，大家仍然認為妳很特別。」

我拍了拍書角沾到的灰塵。

「你是說剛才的狗仔嗎？」

「嗯，也包括那件事。」

「那也是無可奈何的事，因為既然吃這碗飯，要有觀眾才吃香。」

花子說完很有大叔味的話之後笑了起來。

我看向院子。花子之前播下的菠菜種子沒有發芽，之後我用正確的方法重新播了種，如果順利發芽，也差不多該從泥土裡冒出來了。這次又不行嗎？還是即將破土而出？

即使順利長出來，我也無從得知了。

「你聽我說，」花子對我說，「雖然我上次說，我並不特別，但是如果換一個角度思考，我認為每個人都很特別。」

我將視線移回花子身上。

花子看著我前一刻注視的花圃，那裡只有翻起的泥土。

「雖然大家都認為有引人注目才華的人很厲害，有這種才華的人，的確能夠因此賺到錢，也很占便宜，但是這並不代表我比你厲害，或是我比你優秀。我相信你也具備了某些我沒有的東西，也有能力做到我做不到的事。」

「有嗎？我真的很廢喔。」

「我播種失敗，你不是順利把菠菜的種子播下去了嗎？」

「嗯，我也只會做這種程度的事。」

「這種程度就夠了。」

花子用力拍了拍我的背。她很用力，我的身體忍不住前傾，而且被嗆到了。花子完全不在意她害我咳嗽了。因為我已經知道她就是這種人，所以我也並不在意。

「我之前一直認為自己是隨時可以被取代的人，但其實沒必要去想自己沒有價值，目標再低也沒有關係，無論是抬頭挺胸還是彎腰駝背都無妨，不管怎麼樣，我就是我。和你一起住在這棟房子的土谷花子，全世界只有我一個。」

我抬起頭，和花子四目相對。我覺得她比電視上的來島小華更美。

「你不覺得嗎？阿朔，你也一樣，是世界上獨一無二的。」

柔和的陽光照了進來，花子站在窗邊露出了笑容。

我們這段奇妙的同居生活即將結束。

◆◆◆

星期一。我們提早出門，去棲息咖啡館吃早餐。我正在吃鬆軟的法式吐司，花子交給我一本書。那是她昨天夾了壓花的書。

「記得要夾一個星期，完成之後，記得護貝，當成書籤使用。」

「非要做成書籤不可嗎？」

「因為我也要做書籤。」

「好吧。」

我把書塞進行李箱。花子看到我把書塞進縐巴巴的換洗衣服中，稍微皺了皺眉頭，但什麼都沒說。

「今天我就要恢復來島小華的身分了，如果感到有點累的時候，就會看一下你的大波斯菊，讓自己振作起來，所以你也要加油。」

花子說。

「好。」我回答。

花子的手機顯示目前是九點五十九分，兩個人都陷入了沉默。店內的音樂聽起來格外大聲。不一會兒，時鐘顯示十點了。

「謝謝你這一個星期的照顧，非常感謝。」

花子鞠躬對我說道，我也深深向她鞠躬。

委託合約就這樣結束了。我們在咖啡館外道別，我打電話向哥哥報告後，直奔家裡，打開了求職網站。

幾天之後，某週刊雜誌刊出了來島小華熱戀的報導。

當紅的年輕女明星第一次緋聞引起了轟動，各大談話節目和網路新聞都討論這則新聞，也成為社群網站的熱門話題。

我面試完回到家，打開了電視。中午的談話性節目播放了來島小華前一天參加她主演電影首映會的影像。

據說經紀公司已經事先要求記者，不可以問和電影無關的問題，但媒體記者毫不客氣地針對連日來的緋聞報導向來島小華提問。

請問交往這件事是真的嗎？請問對方是誰？你們從什麼時候開始交往？有沒有結婚的打算？

工作人員拚命阻止記者發問，但來島小華不慌不忙，主動拿起麥克風，很乾脆地回答了他們的問題。

「那篇報導並非事實，那張照片上的人的確是我，身旁也的確有一名男子，但是那名男子既不是我的男朋友，也不是我的朋友。我們從來沒有牽過手，我甚至不知道他的聯絡方式。如果要問我們到底是什麼關係，我只能說是陌生人。」

年輕女明星毅然回答的態度，讓電視上的所有人都露出了困惑的表情。想必大部分觀眾也和他們的反應相同。

但是，我用力為她鼓勵，就像為她獻上花束。

第五章

我們的棲息地

接連的不幸簡直就像是小說情節。

我一如往常地去公司上班，結果公司倒閉了。老闆完全沒有通知我們這些普通職員，只在辦公室的門上貼了一張紙，說公司倒閉了，然後老闆也跑路了。

接下來該怎麼辦？遇到這種事時，到底該做什麼？我坐在圖書館前的長椅上，思考了這個問題半天，天黑之後，才終於回到家，結果發現交往六年，約定近期結婚的同居女友不見了，而且幾乎帶走了所有我們一起買的家具、家電，地板上有一張便條紙，上面寫著「我有了喜歡的人，我們分手吧」。

我們一起存的結婚基金連同存摺一起消失了，我打電話給她，卻無法聯絡到她。我在只剩下一張和室椅的客廳中，哭著打電話給父母。但無論父親還是母親都沒有安慰我，反而對我說教了一小時，數落我三十多歲的人，到底在幹什麼？

我到底在幹什麼？我也想知道這個問題的答案。我到底做了什麼，這些不幸才會一口氣降臨在我身上？我不會說我為人有多善良，但是並沒有做過什麼傷天害理的壞事，一直以來，不都謹守分際、規規矩矩做人嗎？

但為什麼會遭遇這種事？

我在空空的家中，什麼也不做地過了五天。第六天早晨，我決定一死了之。

死了算了，這是我唯一的選擇。反正無論做任何事都不順，活著也沒意思。

但是既然要死，我希望可以死在比這裡更好的地方。或許聽起來有點怪，但我決定結束生命之後，稍微產生了一絲活著的動力。相隔幾天，我第一次沖澡，刮鬍子，換上衣服，然後穿上拖鞋，沒有帶鑰匙，就出門準備去找地方了斷自己。

我沒有目的地，只是在附近閒逛，尋找最適合尋死的地方。山上是不是比大海更理想？因為我聽說溺死很痛苦，於是我從山麓往山上走。

經過一家咖啡館時，我停下了腳步。我從來沒有來過這一帶，從來沒有聽過那家店的名字。看起來並沒有很舊，外觀很時尚，招牌上寫著「棲息咖啡館」。

剛好有一個客人走出咖啡館，咖啡的香氣從敞開的門飄了出來。

我把手伸進長褲口袋，發現裡面有一枚五百圓硬幣。應該夠喝一杯咖啡。臨死前喝一杯似乎也不錯。

我猶豫了一下，最後決定走進店裡。推開店門，站在吧檯內的男店員面帶笑容，用爽朗的聲音招呼我：「歡迎光臨。」我盡可能不看他，找了空位坐下來。

我翻開菜單，剛才的男店員送來了水和小毛巾。

「請用。」

「喔，謝謝。給我一杯綜合咖啡。」

「好的，請問還需要其他的嗎？」

「不用了。」

我已經回答了，但店員遲遲沒有離開。怎麼回事？我忍不住瞥了他一眼，發現他正注視著我。我的肩膀忍不住抖了一下。這傢伙怎麼回事？真讓人不舒服。

「怎麼了？」

「請問、你該不會是朝岡？」店員問。

「啊？」

「你是不是朝岡數馬？」

「是、是啊。」

太可怕了，他為什麼知道我的名字？我皺著眉頭，露出狐疑的表情，店員卻露出了燦爛的笑容。

「果然是你。你不記得我了嗎？我是你高中的同班同學廣瀨春海。」

「廣瀨？」

我在記憶中搜尋。高中的廣瀨。

「啊，二年級時我們同班。」

「對，沒錯沒錯，太好了，你還記得我。」

「不，謝謝你記得我。」

廣瀨春海，他是高二時曾經同班了一年的同學。想起來之後，的確發現他還有當時的影子。他的長相看起來像狗，個性也很容易和別人親近，性情很溫和。

「太高興了，除了目前還有聯絡的同學以外，這是第一次有老同學來店裡。」

「這、這樣啊。」

廣瀨似乎很高興見到我，但我之前和廣瀨並沒有那麼要好，而且我目前正在找地方一死了之，當然不可能因為遇到老同學，就和他一樣高興。

「啊，對不起，我馬上為你泡咖啡。」

廣瀨拿著點菜單走回吧檯。我環顧四周，發現目前店裡只有廣瀨一名店員。

「老闆。」

其他客人叫了一聲，廣瀨回應了客人。我低著頭，注視著自己粗糙的指尖。

原來是這樣。原來這是廣瀨開的店。

廣瀨當了老闆，有了自己的店，目前經營得很出色，但我失去了工作，失去了女朋友，甚至失去了生命的意義，和廣瀨完全相反。太窩囊了，天底下怎麼會有這麼悲慘的事？

喝完咖啡後，就馬上離開這家店。

我下定了決心，廣瀨為我送來了咖啡。

「這是你的綜合咖啡，請慢用。」

杯子放在我面前，冒著淡淡熱氣的咖啡，散發出令人心情平靜的溫柔香氣。

我吹了一口氣，喝了一口咖啡。我原本打算趕快喝完走人，但是我無法不一口一口細細品嚐，喝了半杯之後，我忍不住哭得整個視野都模糊起來。

「啊，朝岡？」廣瀨驚訝地走了回來。「你還好嗎？你怎麼了？」

「我、我沒……」

我泣不成聲，廣瀨溫柔地撫摸著我的背，結果我哭得更傷心了。當我終於平靜下來後，把自己遭遇的不幸告訴了廣瀨，但隱瞞了想一死了之這件事。

「原來是這樣，你受苦了。」

廣瀨感同身受地聽我訴苦，露出快哭出來的表情。他人也太好了。如果是我，對超過十年沒見的老同學遇到什麼事根本不感興趣，根本不想和突然在自己面前放聲大哭的奇怪傢伙有任何牽扯。

「朝岡，所以你現在沒有工作，對嗎？」

廣瀨聽完我告訴他的事之後，急忙重新坐好，面對著我。

「是啊。」

「如果你不嫌棄，要不要在這裡上班？」

我瞪大了淚水還沒有乾的雙眼。廣瀨的眉毛皺成八字形，露出了為難的笑容。

「不瞞你說，目前兼職的店員腰受了傷，請了長假，一個月左右沒辦法來上班。我店裡沒有其他員工，只能有時候找我哥哥來幫忙，但他真的不適合在咖啡館工作，簡直越幫越忙，所以在兼職的店員回來上班的這段期間，如果你願意來幫我，那就太好了。你願意嗎？」

廣瀨問我。我覺得自己根本不可能做這件事。

我正準備去死，並沒有在找工作。更何況被老同學雇用，也未免太丟人了。

但是。但是，既然我已經準備去死了，還怕失去什麼？即使出糗有什麼關係？反正我現在已經沒有需要維護的自尊心這種東西了。

不，這不是重點。在眼前的狀況下，無論別人怎麼想，都不關我的事。既然這樣，在臨死之前幫助別人一下似乎也不壞。

「好，那我就來幫你。」

廣瀨聽了我的回答，興奮地握住了我的手。於是，我就變成隔天開始在棲息咖啡館打工了。

上班時間是清晨六點。原本應該從六點半開始，但廣瀨說，第一天因為要指導我很多事，所以要求我稍微提早上班。

我提早五分鐘來到店內，廣瀨已經穿著圍裙在吧檯內等我。他一臉神清氣爽，對我露出了面對客人時相同的笑容，難以想像他大清早就這麼有精神。

「朝岡，早安。」

「早安，老闆。」

「你不用這麼畢恭畢敬，而且也不用叫我老闆，反正大家都是同事。」

「喔，嗯，我知道了。」

廣瀨遞給我一件和他相同的圍裙，我穿在白色襯衫外。穿上圍裙後，看起來真的像咖啡館的店員，簡直太不可思議了。

「嗯，你穿起來很好看。」

「謝謝。這樣可以嗎？」

「應該可以吧？我也不太清楚。」

我的工作是接待客人，廣瀨負責廚房，所以我必須處理客人的事，讓他能夠專心廚房工作。

他昨天把菜單交給了我，我在家裡粗略地記住了。廣瀨教我接待客人的方法和如何使用收銀機，在開始營業之前，我反覆練習了好幾次，但最後還是無法消除內心的不安。

早晨七點開始營業，噹啷啷的鈴鐺聲響起，用木材打造出柔和氣氛的店內，出現了一桌又一桌的客人。

從結果來說，我第一天的工作簡直糟透了。非但沒有減少廣瀨的工作，反而讓他的工作增加了三倍，也造成了客人的困擾，甚至無法收拾自己闖下的禍。

但是，棲息咖啡館的客人都很有包容心，都露出溫暖的眼神看著手忙腳亂的我。廣瀨明明已經忙得不行，卻隨時協助我，而且還沒有忘記去和客人打招呼。

中午休息了一個小時，下午三點，我第一天的打工生活在一片混亂中結束了。

「辛苦了，謝謝你幫了我的忙。」

我趴在吧檯內，廣瀨對我說。

「你別騙我，我造成了你和客人極大的困擾。」

我緩緩抬起頭，正在打開咖啡豆袋子的廣瀨笑著對我說：

「因為今天是你第一天上班，當然不可能馬上就得心應手，今天只要瞭解工作流程和店裡的氣氛就足夠了。」

「我覺得自己根本無暇感受店裡的氣氛，根本一團亂，搞不好比我之前那家公司的新人進修更累，是不是年紀的關係？」

「有這麼嚴重嗎？習慣之後，應該就會很輕鬆。」

我站起來脫下圍裙，掛在衣架上。圍裙的下襬有點縐了，我用力拉了一下。

「但是，我明天還會再來，明天也會來這裡上班。」

廣瀨聽到我的小聲嘀咕，開心地「嗯」了一聲。

臨走時，廣瀨遞給我一份熱三明治，說是員工餐。我帶著三明治走出咖啡館，筆直回到了家裡。家裡仍然空空蕩蕩。女朋友、家具和存款都沒有回來。我坐在和室椅上，吃著還有一絲餘溫的熱三明治，邊吃邊像昨天一樣哭了起來。

昨天的我，打算一死了之。當時的心情如假包換，但只是過了一天，我已經完全沒有想死的念頭了。

◆◆◆

棲息咖啡館內有各式各樣的客人。

有一對母女總是一前一後走進店裡，但看著她們，總是讓人忍不住露出微笑；還有兩個女人，看起來完全屬於不同的類型，但感情很好；也有男性客人坐在店裡靜靜地看書。

咖啡館內販售一些手工製作的雜貨，那些手工創作者的範圍也很廣，年紀從男高中生到七十多歲的老婦人。

棲息咖啡館絕對稱不上生意興隆，但每天都有客人上門，所有客人都悠閒地享受自己的時間，然後一臉心滿意足地離開。雖然並不是那種會出現在社群媒體上、時下流行的時尚咖啡館，其他地方也可以找到類似的店，但不知道為什麼，這裡似乎有一種神奇的吸引力，讓客人情不自禁走進來。

在棲息咖啡館工作已經兩個星期的這一天，我在三點下班後，沒有馬上回家，而是點了一杯咖啡，坐在店裡當客人。

我脫下圍裙，坐在吧檯前，向廣瀨點了一杯綜合咖啡。廣瀨熟練地為我磨了咖啡豆，萃取了一杯完美的咖啡。

「請喝吧。」

「謝謝。」

我喜歡喝廣瀨泡的咖啡。他的咖啡口感溫潤，很容易入口，散發的香氣讓人心情平靜。

「廣瀨，你當初怎麼會想到開咖啡館？」

我心血來潮地問他。廣瀨有點難為情地抓了抓頭。

「開咖啡館是我小時候的夢想。」

「所以，我們認識的時候，你已經打算以後要開咖啡館了嗎？」

「嗯，所以我在高中時，在附近的咖啡館打工，雖然曾經去公司上班，但目的是為了存錢開咖啡館，而且我在工作之餘，也持續學習有關咖啡的知識。」

「喔，原來是這樣啊，好厲害。」
廣瀨說，他在六年前開了這家店。當時我們都二十五歲，雖然二十五歲開咖啡館並不算稀奇，但我相信不是一件容易的事。
「你說這是你的夢想，是不是有什麼契機？」
「啊，呃，嗯。」
「幹嘛這麼吞吞吐吐？」
「嗯，這個嘛，那你千萬不要告訴客人，因為實在太害羞了。」
「好啊。」我歪著頭感到納悶，但還是答應了他，聽他娓娓道來。
「我在小學四年級時，喜歡上一個女生，她的名字叫繪梨華。那是我的初戀，但是在她轉學離開之後，我才發現自己喜歡她。」
廣瀨正在洗餐具。我把一塊方糖放進咖啡。
「繪梨華的家庭環境有點複雜，在學校時也獨來獨往，所以我也幾乎沒有和她好好聊過。」
「你這麼擅長社交，竟然沒有和她聊過天？」
「呵呵，是啊。雖然我從小就不怕生，但遲遲不敢主動和她說話。」

「是喔，很難想像。」

「雖然那個女生無論在家裡還是在學校都很孤單，但是有一個地方，成為她的心靈寄託，那就是她家附近的咖啡館。」

廣瀨說，他在一個偶然的機會，看到那個女生在那家咖啡館。起初他只是在咖啡館外偷看那個女生，之後被店員發現，請他進去店裡，他也因為這個原因，有機會和繪梨華說話。

「但是，我無法為繪梨華做任何事。因為我當時無能為力，所以希望能夠打造一個空間，為像她一樣，在生活中找不到容身之處，或是對每天的生活感到疲累的人，提供一個可以歇腳的地方，就像鳥兒也會停下來，讓翅膀休息一下。」

於是，他就開了這家棲息咖啡館。

無論有什麼理由，或是根本沒有任何理由，任何人都可以來這裡歇歇腳，放鬆地呼吸。對我來說，應該也是如此。我對人生也感到疲憊，如今在這裡歇腳，讓殘破不堪的翅膀休息一下。

「那個女生目前在哪裡？」

「不知道。她轉學之後，我們就沒再見過面，我也不知道她搬去哪裡了。」

「這樣啊。」

「但是我相信她一定在某個地方好好地活著。」

他關上水龍頭，水龍頭發出了嘰啾的聲音。我喝著這家店引以為傲的咖啡。

「所以你至今仍然喜歡那個女生嗎？」

我抬眼問他，廣瀨慌忙搖著手，似乎表示不可能。

「那已經是小學時的事，早就已經變成了回憶。」

「真的嗎？」

「當然啊，我現在雖然沒有女朋友，但也曾經交過幾個。」

「嗯，我想也是。」

「啊，但是，」廣瀨繼續說，「比起長大之後交的女朋友，我對繪梨華的記憶更加明確。」

「這樣啊……」

「啊，我這樣會不會有點像噁男？」

「不，不會，男人就是這樣，重要的回憶都會很珍惜，一直藏在心裡。」

我探出身體，拍了拍廣瀨的肩膀。廣瀨一臉複雜的表情，開始用乾布擦拭著餐具。

店內還有客人，在這家店柔和的咖啡香氣陪伴下，分別享受著各自的時間。

「不瞞你說，我第一次來這家店時，原本打算去死。」

廣瀨看著我，但是並沒有停下手。

我把咖啡杯放在托盤上。

「我那時候不是告訴你，我的生活中發生了很多事嗎？因為太痛苦了，我覺得活著也沒有意義。現在回想起來，覺得自己實在太傻了，但是當時真心那麼想。如果沒有走進這家店……如果沒有這家店，我可能真的已經死了。」

那一天，我經過這家咖啡館時，想要喝最後一杯咖啡，然後在這裡遇到了廣瀨。說起來很不可思議，廣瀨因為愛上了以前的同學，開了「棲息咖啡館」，也就是說，一名小學生的初戀讓我活了下來。

一切純屬巧合。雖然說出來有點害羞，但我認為這或許是奇蹟。

「其實我知道。」廣瀨幽幽地說。

「啊？」我忍不住驚叫起來，「你知道什麼？」

「我知道你打算去死。」

「咦？」

「你那天看起來就是一副想死的樣子，你沒有發現我當時內心超慌張嗎？」

「不，我當然不可能發現，因為我當時滿腦子都想著自己的事。」

「所以我知道如果就這樣讓你離開，你絕對會去死，於是就思考該怎麼辦。」

廣瀨告訴我，他決定邀請我來他的店裡上班。

「當時的確缺人手，所以你來這裡，真的幫了我的忙。」

「真的嗎？啊，真是太不好意思了。」

「哈哈，很高興看到你現在又恢復了活力，真是太好了。」

「嗯，謝謝你。」

老實說，我覺得太丟臉了，如果地上有洞，我會馬上跳進去。但是廣瀨也告訴我他初戀的事，所以我們算是扯平了。

「人真的會因為一些小事，改變自己的人生。」

即使沒有很大的改變，只要前進方向的角度改變一度，目的地就會完全不同。不知道未來會發生什麼事，以後可能還會發生完全意想不到的事。

「是啊。」

廣瀨露出柔和的笑容。我一口氣喝完了剩下的咖啡，然後又點了一杯。

隔天開始，我的下班時間延長到晚上七點打烊的時間。我的上班時間仍然和以前一樣，但我要求廣瀨讓我增加工作時間。我不需要加班的打工費，但希望他教我泡咖啡的方法。廣瀨完全同意，於是我就在店裡打工的同時，利用有空的時候向廣瀨學習咖啡的一切。

我漸漸學會了如何接待客人，也終於能夠和一些老主顧聊天了。正當我覺得越來越習慣這家店的工作時，一個女人來到了棲息咖啡館。

「老闆，好久不見。」

那是一個身材福態的五十多歲女人，她一走進店裡，就舉起像奶油麵包般的手，向廣瀨打招呼。

「啊，松山太太，妳的腰沒事了嗎？」

「對，託你的福，已經好多了，所以差不多可以回來上班了。」

「這樣啊，那太好了，只不過妳不要太勉強。」

那女人向店裡的老主顧打招呼，她似乎就是那個因為受傷而請假的兼職員工。

廣瀨突然想到了我，立刻把我介紹給松山太太。松山太太似乎已經從廣瀨口中得知了我，頻頻向我道謝說，多虧有我幫忙，讓她鬆了一口氣。

「松山太太，妳打算多久之後回來上班？」廣瀨問。

「一個星期左右。」松山太太回答。

我只是松山太太的代打，她回來上班之後，我就會辭職。也就是說，我在棲息咖啡館的工作只剩下一個星期了。

我的確有點失落。好不容易學會了這裡的工作，也和客人建立了感情，但是一開始就知道是短期代班，而且我已經在不久之前開始找新工作。雖然失落，但並沒有因此感到消沉。

我從棲息咖啡館辭職的時候，一定就是我休息結束，再次起飛的日子。

◆◆◆

日子過得飛快，轉眼之間，我在棲息咖啡館工作已經滿一個月了。

今天是我最後一天在這裡上班。我明明沒有告訴任何人，但不知道為什麼，很多老主顧都知道這件事，大家看到我，都特地走到我面前向我打招呼。

「謝謝。真的很抱歉，這麼快就要離開了。」

這段時間真的很短，卻是很充實、很滿足的日子。

「朝岡，你接下來有什麼打算？」

一名老主顧問，我坦誠告訴他：「我已經找到新工作了。」不久之前去面試的那家公司錄用了我，下週就要參加新進員工進修。新的工作可以運用到在之前那家公司學到的技能，薪水也不差，是一家讓我想要好好努力的公司。

「啊？朝岡，你要回去當上班族嗎？」

廣瀨不知道為什麼看起來很驚訝。

「當然啊，不工作要怎麼養活自己？」

「雖然是這樣，但你不是要開咖啡館嗎？」

「啊？」

我們兩個人都瞪大了眼睛，廣瀨小聲嘀咕說：

「因為你要我教你怎麼泡咖啡，我還以為你打算開咖啡館。」

廣瀨越說越小聲，我眨了三次眼睛後大笑起來。難怪他這麼熱心教我，原來他以為我打算開咖啡館，所以才熱心向我傳授咖啡的知識。

「不，我目前道行還太淺，沒辦法開店，而且現在也沒有存款，不可能開店。」

「這樣啊，你說得對。」

「但是，即使現在不行，也許有朝一日，我也會開一家像棲息這樣的店。」

就像廣瀨為了能夠讓客人歇腳停留，開了這家咖啡館一樣。

我也希望能夠打造一個這樣的空間，為那些無論在哪裡，都感到很壓抑的人能夠停下腳步喘一口氣，靜靜思考自己的人生。如同棲息咖啡改變了我，也許那樣的地方可以改變某個人的人生。

「嗯，到時候我會去幫你，記得通知一聲。」

廣瀨笑著對我說。我也對他露出了滿面笑容。

即將下午三點。我在店門口為花盆澆水，作為我最後的工作。廣瀨悉心照顧這些花盆裡的植物，我不知道這些花的名字，但花盆裡開了許多白色和粉紅色的小花，都很有個性。

我用灑水壺澆水時，隔著窗戶看向店內。店內聚集了很多老主顧，難以想像非假日的白天時間會這麼熱鬧。

聽到有人靠近的腳步聲，我回頭一看，發現一名女子站在店門口。她的年紀看起來和我差不多，穿了一件圖案很漂亮的長裙，是有一頭齊肩短髮的美女。

她向店內張望後，露出一絲不安的表情轉頭看著我問：

「該不會都坐滿了？」

「啊，沒有沒有，如果妳不介意坐吧檯的話。」

「我不介意。」

我放下灑水壺，推開門，向她招了招手。

「請進。」

雖然老主顧幾乎坐滿了整家店，但吧檯中央有一個空位。廣瀨可能去後方辦公室了，所以沒有看到他。我為那名女子帶位後，把菜單遞給她。

女子轉頭打量了店內說：「這家店生意真好。我的上司推薦我來這裡，他說這裡很安靜，所以我有點驚訝。」

「啊，不好意思，平時這裡很安靜，今天特別熱鬧。」

「呵呵，我也喜歡熱鬧，所以沒問題。」

那名女子看了菜單後，點了綜合咖啡和草莓鬆餅。我寫下她點的餐後，對著吧檯深處叫了一聲：

「廣瀨，客人點餐。綜合咖啡和草莓鬆餅。」

原本在後方做事的廣瀨走了出來，露出一如往常的表情招呼新客人。

「歡迎光臨。」

沒想到那名女子瞪大了眼睛。

「春海？」

那名女子叫著廣瀨的名字。

廣瀨愣了一下，但漸漸和她一樣瞪大了眼睛。他張著嘴，好像準備說話，肩膀緩緩起伏，用力呼吸著。

我默默看著他們兩個人之間的情感交流，臉上的表情漸漸放鬆。

他們應該已經發現了，因為就連我也發現了這個奇蹟。

「繪梨華。」

廣瀨靦腆地叫著這個名字。

我情不自禁流下了眼淚。

國家圖書館出版品預行編目資料

棲息咖啡館 / 沖田円 著；王蘊潔 譯.--初版.--
臺北市：皇冠. 2024.04
面；公分.--（皇冠叢書；第5151種）
（大賞；160）
譯自：喫茶とまり木で待ち合わせ

ISBN 978-957-33-4139-0（平裝）

861.57 113003598

皇冠叢書第5151種
大賞｜160
棲息咖啡館
喫茶とまり木で待ち合わせ

作　　者—沖田円
譯　　者—王蘊潔
發 行 人—平　雲
出版發行—皇冠文化出版有限公司
台北市敦化北路120巷50號
電話◎02-27168888
郵撥帳號◎15261516號
皇冠出版社(香港)有限公司
香港銅鑼灣道180號百樂商業中心
19字樓1903室
電話◎2529-1778　傳真◎2527-0904
總 編 輯—許婷婷
責任編輯—張懿祥
美術設計—單　宇
行銷企劃—蕭采芹
著作完成日期—2022年
初版一刷日期—2024年4月
初版二刷日期—2024年9月
法律顧問—王惠光律師

讀者服務傳真專線◎02-27150507
電腦編號◎506160
ISBN◎978-957-33-4139-0
Printed in Taiwan
本書定價◎新台幣399元/港幣133元